GOBOOKS & SITAK GROUP©

GOBOOKS & SITAK GROUP©

三日月書版

三日月書版

I
魔法少女兔英
四
亡靈女巫
Getaway Guide for Necromancer
逃亡指南
三日月書版
輕世代 FW374

亡靈女巫逃亡指南

Getaway Guide for Necromancer

Author 魔法少女兔英俊 ✦ Illust 四三

Contents

Getaway Guide for Necromancer

CHAPTER

1

【永夜之森】

傳聞中人跡罕至的永夜之森，今夜顯得格外熱鬧。林間閃過搖晃的火把和搖曳的人影，不時還能看到一道聖光亮起——如果沒有教會的聖光術指引，人們就會不知不覺被這裡的黑暗侵襲迷失方向。

畢竟這裡是被黑夜詛咒的森林，光明也照不進的詭異之地，菲特大陸殺人越貨經典場所。

安妮全身籠罩在黑袍裡，赤著雙足在林間奔走，她飄忽的身形像一道幽影，從林間一閃而過，幾乎沒有留下任何腳印，隱約還能看到手裡提著一雙鞋。

她身後不時傳來幾聲犬類魔物的吠叫，隱約能聽見有人憤怒地呼喊著「該死的女巫」、「接受聖光的制裁吧」之類的話語。

安妮無奈地回頭看了一眼，這些教會人員飼養的犬類魔獸，彷彿對身上沾染了亡靈氣味的巫師格外敏感。她之前才剛剛在城鎮裡露了面想要問路，那些魔獸就像看到火腿般朝她奔了過來，甚至都沒給她留個做自我介紹的時間。

迫不得已，安妮只能依靠自己的記憶，躲進了這片經常在恐怖故事裡出現的永夜之森，希望藉此甩開他們。

周圍濃密的黑暗似乎完全不妨礙她行進，忽然，她腳步略微停頓，聞到了空氣中若有似無的血腥味。她轉頭看向血味傳來的方向，表情有些微妙，難道今晚的永夜森林裡，除了她還有第二個倒楣鬼？

安妮稍微有些猶豫，最終還是朝著血腥味飄來的方向，動作輕巧地奔了過去。她像一片葉子悄然落在了一棵樹後，悄悄探出了頭。

——那裡圍著一群黑騎士，包圍圈內倒著幾具身著銀白盔甲的屍體，盔甲上隱約有金色的獅子紋樣。人群中半跪著一名少年，他未曾身穿盔甲，只著一身輕便的騎士服，身後已經開了一個血洞。

安妮原本蠢蠢欲動的腳又縮了回來，這個少年雖然奇異地還能活動，但他的靈已經不可抑制地消散了，身為一個合格的亡靈女巫，安妮一眼就看出來他已經沒救了。

這群黑騎士們似乎也拿著教會的寶物，為首的那個手裡提著一盞玻璃燈，裡面沒有蠟燭也沒有油燈，像是困住了一團光，散發著一股讓安妮渾身不舒服的氣息。

半跪著的少年抬起了頭，安妮得以看清楚了他的臉。他有一頭柔軟的金髮和一雙湛藍的眼睛，俊美如同傳聞中的太陽神親臨，然而此刻他臉上沾著髒汙和血跡，更添幾分蒼白脆弱的美感。

他還沒來得及開口，身後的敵人就殘忍地將劍刃送進了他的喉嚨，少年沒說出口的話變成了一口血沫。那人輕狂地笑了起來，「抱歉啦，我可不想聽您的說教，里維斯殿下，那會讓我愧疚的。」

安妮瞇起眼睛，注意到那個人身穿的銀白盔甲，和倒在地上的那些人穿的是同一款，看樣子這裡曾經上演過一齣同伴互殘的戲碼。

身後隱隱傳來人聲，為首的黑騎士警覺地舉起武器，「怎麼回事？」

外圍有人回答：「是教會的人！」

「該死！教會那群多管閒事的偽善者怎麼會在這裡！」為首的黑騎士似乎察覺到隱藏的風險，「吉斯，別鬧了，一隊把教會的人引開！二隊跟我撤！」

刺穿少年喉嚨的人嘀咕了一句：「我這不是擔心他沒死透？畢竟傳聞裡說過，他們的生命力就像傳說裡的魔獅一樣可怕。」

躲在暗處的安妮點了點頭表示讚許，這個俊美少年的生命力確實超出常人，但靈的消散速度並沒有比常人慢多少，所以說白了，這異於常人的生命力也只是讓他的死亡過程更加痛苦。

黑騎士們有條不紊地撤離這裡，金髮少年手裡還握著那把劍，無聲地念了念那個名字，似乎是打算把它死死記住。

視線逐漸模糊，他努力仰起頭，不甘地睜大眼睛。不知是不是臨死前的幻覺，他看見樹的陰影裡走出來一個黑袍少女。

安妮近距離打量著這個少年，還是覺得他那一張臉略有些晃眼。然而即使這等美色在前，安妮也十分無情地直接開口道：「你快死了。」

想了想又補上一句：「是真的沒救了。」

金髮少年看著她，詭異地在這種情境下也生出幾分荒唐的好笑來。他忽然有點懷疑這個突兀出現的黑袍少女是死神的化身，這是特地趕來為他宣布死訊？

安妮看了看逐漸遠去的火光，「不過你幫了我一點忙，呃，或者說殺了你的那一伙人意外地幫了我一點忙……你還想活下去嗎？」

那雙蒙上灰霧的藍寶石眼睛一下子明亮起來，緊緊盯住了她。

安妮撐著下巴，擔心他誤會般糾正了一下自己的措辭，「不對，也不能這麼說，畢竟那也不算活著……你有不論生死都想完成的事情嗎？」

少年的喉嚨已經破碎，他用力張開嘴，藍寶石一樣的眼睛逐漸失去焦距，他的生命力正在飛速流逝，然而他將死的瞳孔仍盯著她，用盡最後一點力氣伸手握住了她的腳踝。

安妮笑了笑，明白了他的意思。她抬起手，巨大的法陣在她蒼白的雙足下浮現。

少年的靈魂似乎一下子被拉扯著前往冥界，如墜冰窖，如臨深淵，就在他意識混沌時，他眼前似乎閃現過一張張熟悉的臉龐——慈愛的母親，活潑的妹妹，嚴肅的父親，正經的大哥，輕浮的二哥……

——孩子，你要守衛騎士的榮光，成為金獅國的榮耀。

——哥哥，下次執行任務能不能悄悄帶我一起去？我學會騎馬了！

——里維斯，你總是這麼一副一本正經的樣子可不討女孩子的歡心，如果你能經常跟他們打個招呼，我想那些淑女的裙襬絕對會把你團團圍住！

里維斯看見黑髮黑眼的少女對他張開了雙手，神情溫柔而憐憫，「別擔心，親愛的。現在起，你的靈魂屬於我，死神也無法將你從我的身邊帶走。」

她的話語似乎織就了某種規則，讓里維斯的靈魂彷彿被吸引著投向安妮的懷抱。安妮溫柔地擁住他的靈魂，那一瞬間，里維斯似乎聽見遙遠的故鄉傳來祭典的歌聲，靈魂逐漸有了重量。

安妮緩緩在他的屍體前跪下，小心地把他的靈魂放進他的屍體裡，里維斯只覺得自己像在穿一件許久沒穿但依然合身的大衣，只需要稍稍習慣，他就能重新動起來。

他試著抬起手，動作有些僵硬地看著自己沾著血汙和泥土的手掌，他意識到自己身上發生了什麼事——他變成了一個不死生物。

一瞬間，他的表情有些動搖，在他的認知裡，不死生物是沒有意識只有攻擊本能的邪惡生物，而亡靈法師則是驅使著這種生物的非法之徒。大陸上的大多數城鎮都不允許亡靈法師進入，而少部分甚至把他們等同於罪犯，一旦暴露必定會引來追捕。

——啊，這位少女好像正在被追捕。

里維斯目光複雜地看向她，察覺到他的視線，安妮笑著朝他伸出手，「嘿，還站得起來嗎？你好，我叫安妮。」

在這種情況下，少女的語氣活潑得有些不合時宜。

里維斯神色複雜地握住了她的手，借力站起了起來。他謹慎地在內心告誡自己，是他自己選擇了這條路，但如果，如果她要自己做任何違反騎士教條的事情，即使靈魂消散，他也會做出反抗。

「透過剛剛的深層次交流，我已經知道你叫里維斯了，而且你現在也沒辦法說話，那就不用自我介紹了。」安妮笑著指了指他的喉嚨，如果這是在平日裡的交流中，那應該是一個十分討人喜歡的笑容，但在這種情況下，怎麼看怎麼詭異。

里維斯摸了摸自己破一個大洞的脖子，即使他復活了，缺少的肉體也沒有恢復原樣，想了想傳聞中不死生物的模樣，這似乎也是正常的。他原本還想詢問安妮的身分，看樣子也只能暫緩了，只是不知道他們現在該怎麼交流。

安妮神色動了動，「我能聽見你的靈的聲音，咳，如你所見，我是一名逃亡中的亡靈女巫。」

里維斯的身體一下緊繃，安妮察覺到他在努力保持什麼都不想的放空狀態，忍不住笑了，「好吧，我會努力尊重你的隱私，只有你在內心想到『安妮』這個單字時，我才會查看你的想法。」

里維斯垂下眼，一時間思緒紛雜，不知道要從哪裡問起。

安妮看向地上倒著的騎士們，問他：「要帶他們一起去嗎？不過他們的靈已經消散了，就算轉換成不死族，也只能變成沒有神志的殭屍了，等到肉掉光了，就是沒有神志的骷髏。」

她說這話的時候不帶任何的惡意，就好像在闡述非常平常的事實，里維斯忍不住皺了皺眉頭，他在內心回應：「**安妮小姐，讓他們安息吧。**」

除了他以外，不要再讓其他人遭受這種詛咒了。

里維斯走過去，把每個人披風上的徽章取了下來，如果有機會，他想幫他們把這個帶回家鄉。

做完這一切，他看見安妮輕輕打了一個響指，這些騎士們搖搖晃晃地站了起來，利用手中的劍替自己挖了一個大小合適的坑，然後安詳睡覺般躺了進去。有一名缺了一隻手的騎士受到身邊朋友的幫助，也擁有了自己的墳墓。

接著，土地像受到了什麼吸引，湧動著將他們吞沒，這裡變成了一片略微有些突起的墳地。

里維斯的表情有些呆滯，安妮眼含笑意地看著他，「好了，現在輪到你幫我一個忙了。」

里維斯的神經瞬間緊繃，來了，女巫所有的幫助都是需要代價的！

安妮朝他伸出手，里維斯看見她白皙的手腕上逐漸浮現出一個漆黑的紋樣，看起來像是一個小小的十字，或者說一把簡陋的劍。

里維斯有些困惑，安妮不等他發問，主動解釋道：「這是契約的紋章。

有了這個紋章，我們之間就建立了聯繫，即使你回到冥界，我也可以透過它再次召喚你。」

聽起來像是怕他逃跑的枷鎖，里維斯沉默著，沒有給出反應。

安妮看了一眼森林的遠處，那些搖曳的火把去而復返，看樣子應該是發現追錯了人，也不知道他們之間經歷了怎樣的交流。

安妮收回視線，「你只需要留在這裡，稍微阻攔他們一下，等我走出森林邊際，我會再次召喚你。」

里維斯略微猶豫，還是謹慎地在內心想道：「**安妮小姐，您爲什麼會被他們追捕？**」

安妮有些鬱悶地摸了摸兜帽，「大概只是因為我是一位亡靈法師。」

里維斯略微點頭，如果只是這樣，那麼她也不算什麼惡徒。他決定暫且相信這名行事有點古怪的女巫，他握緊手裡的劍，在內心回應：「**請不用擔心，安妮小姐，只要您不是讓我做違反騎士教條的事情，我會……盡我所能幫助您。**」

安妮露出個笑臉，朝他點點頭，朝著森林出口邁出一步，「對了，提醒您一下，您現在是不死生物了，不必害怕任何刀劍的攻擊，即使四肢掉落了，只要撿回來我也能幫您裝回去。不過對方是教會人員，那些聖光攻擊是直接攻擊靈魂的，你還是躲著點。」

里維斯覺得有點奇怪，她似乎在學自己剛剛說話的措辭，看起來就像是初入社交界、不太擅長交流的淑女一樣。聯想到她之前說話總是喜歡補充，像是擔心別人不能理解她的意思……里維斯初步下了判斷，這應該是一個很少和人交流的女巫，她也許是一直生活在偏僻的地方，最近才出來活動的。

這樣她曾經害人的機率就更低了，里維斯略微放心，朝她點了點頭。安妮輕巧地奔了出去，看起來就像是被風吹起的一片葉子。里維斯轉頭看向黑騎士們消失的方向，在內心默念著那個背叛者的名字——「吉斯」。

所謂的契約似乎並沒有改變他的想法，也許現在還能追得上。里維斯不可抑制地有了這樣的想法，但他最終還是收回視線，看向逐漸逼近這裡的火把。

神職人員為首的是一名身材相當健碩的老者，他舉著一把木製短杖，頂端的珍珠散發著瑩瑩輝光，讓里維斯感覺到一絲不舒服，他想這應該就是安妮小姐說的帶有聖光屬性的法器。

里維斯看向他們衣服上的紋章，是散發著光芒的半個太陽。里維斯認得這個紋章，看來他們是信仰光明與太陽的聖光會，他記得在金獅國的首都也有聖光教堂，他們天生對沾染黑暗氣息的亡靈法師不太友好，這樣一看，安妮小姐應該沒有說謊。

里維斯倒是很想和他們再確認一下，只是他現在沒辦法說話。

犬類魔物在狂吠，有人喊起來：「雷納特主教，這是一個該死的不死生物！」

被稱為「雷納特主教」的健碩老者冷哼了一聲，眼帶厭惡地擺出了攻擊的姿勢。

里維斯抬起了劍準備接招，說實話，從小到大他都沒有被人用這種直白的厭惡眼神盯著過，因此還稍微有些錯愕。不過他在內心告誡自己，以後他確實就是「該死的不死生物」了，恐怕得早些習慣。

就在里維斯打定主意不傷害他們，只是阻攔的時候，他們身後有一位女士忽然開口：「等等！我、我好像見過他！」

雷納特主教皺起眉頭，「就算妳曾經見過他，現在他也只是一個需要被淨化的不死生物，退開，讓主的光輝拯救這個可憐的靈魂吧！」

那位女士喃喃地說：「可是，他是金獅帝國的第三王子，那位俊……啊，不，尊貴的騎士，里維斯・萊恩殿下！」

里維斯多看了她一眼，他這次是為了一個任務才離開祖國來到了菲特大陸的中部地區——黑鐵聯盟，沒想到在這裡還能遇見認識他的人。

里維斯略微朝她點了點頭，禮貌地打招呼，那位女士的臉上飛快地爬上紅暈。

雷納特主教卻十分憤怒，「那個該死的亡靈女巫，我一定要把她吊到絞刑架上！她居然殺死了一位尊貴的王子，還把他變成了下賤的不死生物！這是侮辱，這是對教會和金獅帝國的挑釁！」

里維斯無語了。

——不，不是這樣的。

他很想開口說點什麼，但他現在沒辦法開口，只能緩緩地搖了搖頭，希望他們能注意到自己的反對。

雷納特主教聲如洪雷，往前一步，「抱歉了，里維斯殿下，我們必須淨化您。別擔心，之後我們會將您的屍骨送回金獅帝國！」

里維斯無言地嘆了口氣，抬起了自己的長劍。

雷納特主教看見他劍上隱約的金獅紋案，更加憤怒地道：「以英勇和騎士精神聞名的金獅帝國王族，居然被這該死的女巫玷汙，我一定要她付出代價！讓她明白褻瀆死者、信仰邪神會有什麼樣的下場！」

在聖光教會的認知裡，亡靈法師似乎是信仰邪神的。

里維斯對亡靈法師倒不是特別了解，只知道他們總是和屍體為伍。他面無表情地盯著雷納特主教，有些惱怒地希望他能夠把嘴閉上。

然而對方應該是沒有這樣的打算，他再次張開了嘴，在他說出讓自己更不爽的話之前，里維斯一個箭步衝上前，沒用手裡的長劍，而是對著他的臉揮起了拳頭。

雷納特有些驚訝，但他也沒有退縮，隨即掄動手中的短杖打向里維斯的腦袋。

里維斯的拳頭先至，雷納特悶哼一聲，臉上鼻血飆飛。而他的短杖也狠狠地打在了里維斯的腦袋上，「喀」的一聲，在所有神職人員驚恐的目光中，短杖杖柄應聲而斷，那顆散發著輝光的珍珠滾了出去。

里維斯面無表情地站在原地，目光看向那顆珍珠。他剛剛忽然想起他的妹妹——卡特琳娜公主，那位頗有魔法天賦的公主殿下也喜歡用法杖敲人，因此還特地讓人在法杖杖柄外包了一層鐵皮。

看了看那木製的杖柄，又看了看倒在地上的雷納特，里維斯高傲地抬了抬下巴，用這樣的法杖進行物理攻擊，這恐怕是看不起他腦袋的硬度。

雷納特抹了一把鼻血，大喊一聲：「愣著幹什麼，用聖光術！」

里維斯神色一動，忽然感覺到身後傳出了一陣吸力，一扇漆黑的門在他身後打開，他明白安妮應該已經出了森林，這就是召喚術。

他伸手撿起那顆珍珠，感覺到手掌傳來灼痛感，但還能忍受，隨後邁進了那扇大門。

雷納特心痛地大喊：「輝光之珠！」

里維斯穿過那扇門，發現自己出現在了永夜森林外的平野上，安妮就站在他的眼前，看到他完整地走出來，稍微鬆了口氣。

安妮往前一步，聳了聳小巧的鼻子，有些疑惑，「你身上有血腥味，你跟他們動手了？等等，你身上怎麼還有一股特別討厭的聖光味？你被聖光術打中了？」

里維斯搖了搖頭，遞給她那顆散發著輝光的珍珠。

安妮嚇得差點跳起來，立刻往後退了兩步，一臉嫌惡地捂住了鼻子，「你把這個東西撿回來幹什麼！」

里維斯莫名想起了自己小時候去花園撿來了青蛙，他的母親也是這麼教育他的。有些好笑地搖了搖頭，里維斯在內心想：**「安妮小姐，帶著它進城鎮，就不會被察覺到亡靈法師的氣息了。」**

「啊，原來是這樣！」安妮恍然大悟，但還是露出一副十分不情願的表情，小心地拉開自己的斗篷，露出內部的一個小口袋，「你放進來吧。」

——看樣子似乎是一點都不想碰到。

里維斯微微笑了笑，把珍珠放進她的口袋裡。

安妮突然踮起腳尖朝他伸出手，「剛剛太匆忙了，現在要進城鎮，你脖子上有這麼大的洞，會嚇到別人的。」

里維斯微微低下頭，方便她釋放法術。

安妮解釋了一下：「我剛才只是初步把你轉換成不死生物，如果要用等級劃分的話，你現在就相當於不死生物裡的骷髏兵，沒有恢復能力。等進階到精英骷髏那個等級之後，你就能自己恢復傷口了。」

里維斯印象裡的骷髏兵，是一種弱小的不死生物，他有點困惑地開口：「但是我剛剛一拳打倒了那個主教……」

安妮噎了一下，「這個……也要看本身資質的嘛，你就是那種天資過人的骷髏兵！」

里維斯明白這應該是自己本身的力量，忽然想起什麼似地提醒她，「教會知道了我的身分，之後的追捕可能會更加嚴峻，雖然永夜之森比較特殊沒辦法追蹤，但妳還是小心點。」

安妮有些困惑：「你是什麼身分？」

里維斯愣了愣，他還以為之前自己腦內的畫面她都看見了，沒想到……但這也沒什麼好隱瞞的，他優雅地向她行了一個禮，「金獅帝國第三王子，獅心騎士團團長，里維斯・萊恩。」

安妮的表情有一瞬間的呆滯，隨後她驚恐地瞪大了眼睛，往後退了一步。

里維斯從她的身體反應看出，這位女巫小姐似乎是想要逃跑。

安妮僵硬了片刻，壓制住了逃跑的衝動，躊躇了許久以後，小心翼翼地開口：「要不然、要不然你回去找教會，跟他們走吧？」

里維斯愣住了，接著從短暫的錯愕中恢復過來，有些無奈地看著明顯戒備的安妮，「安妮小姐，我當然希望能夠回到家鄉，但還不希望作為一具不能說話的屍體回去，我還有些事需要去做。」

安妮剛剛那些話也是一時衝動，冷靜下來想想，但凡教會認定了她是殺死王子的邪惡女巫，就算她把王子的屍體送回去了，人家也多半會把這當成上門挑釁。

她有點洩氣地嘆了口氣，努力打起精神來，「好吧，那麼我想我們需要稍微談一談了，你現在有什麼打算？」

安妮打算把他需要做的事稍微提前一點安排，最好能夠儘快地跟尊貴的王子殿下撇清關係。

里維斯略微考慮了一下，「我得回一趟金獅國的王都，提醒我的家人小心背叛者，還有……復仇。」

倒都不是什麼出格的事情，安妮考慮著回答：「但是你需要明白，你現在成為亡靈，一旦教會的消息傳到金獅國，身為不死生物的你，說的每句話都不會被人相信。人們並不了解死靈法術，他們只會認為你被我操縱了。

「——而且金獅國有相當多人信仰聖光會。」

安妮小聲地補充了最後一句，表示自己並不是那麼想接近金獅國。

里維斯皺起眉頭，最後點了點頭，「那麼，我先想辦法寫封信給家人，希望能在教會回傳消息之前，將信傳遞回去，至少能讓他們提高警惕。」

安妮暫時鬆了一口氣表示贊同。

里維斯看向她，「安妮小姐，妳看起來似乎是隱居的女巫，這次進入城鎮，又有什麼目的呢？」

安妮稍微猶豫了一下，還是有所保留地告訴他：「我出來尋找我的家人，他們說要去做相當危險的事情，一直沒有回來，我有些擔心。」

里維斯看著她的眼睛，確認她看起來不像是在說謊，於是點了點頭，繼續詢問：「要找人並不是一件簡單的事，妳知道他們的目的地嗎？還有他們的特徵。」

「我不知道他們去了哪裡。」說起家人的時候，安妮眉宇間帶著掩不住的擔憂，她垂下頭，「特徵的話……他們都是亡靈法師。我原本是想悄悄打聽，有沒有哪裡有亡靈法師出現的傳聞，然後一路找過去。」

她著重咬了「悄悄」兩個字，里維斯有些尷尬地摸了摸鼻子，大概明白了她為什麼不想跟自己扯上關係了。不出意外的話，那位主教回去後應該很快就會往金獅國傳遞消息，再過不久，王國和教會就會發布亡靈女巫安妮的聯合通緝令了。

除非能攔截下那封信……

里維斯忽然眼睛一亮，「雷納特主教在哪個城鎮的教會？」

安妮指了指永夜森林的另一邊，「對面，白霧鎮。」

里維斯點點頭，「有一個辦法，我們潛入教會，把雷納特送往金獅國的信換成我寫給家人的信，讓他們替我傳遞消息。這樣既能阻止他們發布對妳的通緝令，而王室的叛徒也不會想到，我會透過教會傳遞訊息。

「當然，這個辦法應該過不了多久就會被拆穿，但多少能拖延片刻，我的家人有了警覺，我也可以安心陪妳尋找妳的家人。」

這倒是一個好辦法，只是身為亡靈女巫的她往教會跑，怎麼都覺得像是嫌自己活太久了。

安妮沒什麼猶豫地點了點頭，認可了這個辦法，努力把就要打架的眼皮睜開，「好，就按你說的辦。」

「事不宜遲，我們現在就去……」里維斯說到一半，忽然看見安妮的身形像是站不住般搖晃了一下，他立刻往前一步接住她，伸手查探了下她的呼吸。

還活著，應該只是昏睡過去了。

里維斯皺著眉看她蒼白的臉頰，稍微動了點惻隱之心。她並沒有做過壞事，離開隱居的地方也只是為了尋找家人，這一路被教會追捕，她應該也累壞了。

里維斯回頭看了眼白霧鎮的方向，最終還是彎下腰抱起她，朝著不遠處的小鎮走去。

——還是先讓她休息一下吧。

里維斯擔心周圍的城鎮已經聽到了風聲，替安妮拉緊了兜帽，保持著戒備行走在小鎮的街上。

這座小鎮上來往的冒險者、傭兵似乎格外多，他懷中抱著個昏睡不醒的少女，引來了不少打探的目光。里維斯帶著安妮找了一家旅店，旅店的老闆看了眼眼前英俊的年輕劍士，還有他懷裡被兜帽蓋住臉龐，只露出小半個蒼白下巴的少女，以及擺在櫃檯上的一枚金幣。

但他又看了看劍士身上破損的騎士服，還有那個昏迷的少女，有些懷疑他們是不是正在被仇家追殺。尤其是那身騎士服，旅店老闆也算是在這裡經營了許多年，多少有幾分眼光，他敢打賭，這絕對是貴族服飾！

但膽敢追殺貴族的人，多半也……

旅店老闆猶豫再三，開口問道：「你們有身分證明嗎？」

冒險者有冒險者公會的身分證明，傭兵也有傭兵協會的身分證明，但一些做著上不了檯面勾當的人，就沒有這些了。

里維斯沉默不語，他手裡倒是有一堆獅心騎士團的徽章可以當做身分證明，但……

他不動聲色地感受著身後打探的目光，在這個地方亮出騎士徽章，等於說明他和安妮身分尊貴，在沒有充分武力威懾的情況下，就是自找麻煩。

他沒有直接回答這個問題，反而說：「我可以再加一枚金幣。」

旅店老白連忙擺手，「不、不是這個問題，如果沒有身分證明的話，你們還是離開吧。」

他心想，果然，這兩個人身上肯定有什麼麻煩事！他能在這座小鎮開店到現在，靠的就是謹慎，他可不想招惹這種麻煩！

里維斯見他態度堅決，只能帶著安妮離開這裡。

他看了看懷裡的安妮，稍微有些懷疑，這一路他雖然小心，但也不算平穩，她居然一點都沒有要甦醒的意思。

里維斯漫無目的地走在街道上，正在苦惱該去哪裡找個住處，忽然有人叫了他一聲。

「嘿，那位劍士，你在找住的地方？」

里維斯轉過頭，看到街邊的小巷裡，站了幾名流裡流氣的年輕人，他們笑容輕佻地打量著他和他懷裡的少女，為首的那個走上前來，「我是迪恩，在這裡也算是一個小有名氣的人，我在旅館那裡看到你了，你好像很有錢，但你沒有身分證明。這樣吧，只要五枚金幣，你就可以帶著她住到我家去，怎麼樣？」

里維斯皺了皺眉頭，他知道這個小流氓在敲詐，但眼下似乎也沒有更好的選擇。

迪恩看他有些意動，笑容更加燦爛，「我家住得可偏僻了，最適合你們這些不太方便表露身分的人，而且，無論你們在那裡做什麼，都不會有人出來多管閒事的。」

他帶著赤裸裸暗示意味的眼神掃了掃他懷中的少女，這讓里維斯十分不快，他稍微瞇了瞇眼，有些抑制不住地握緊了拳頭。

忽然街頭那邊傳來一聲嬌喝：「迪恩！你再敢騙人我可就要去叫護衛隊了！」

迪恩聽到那聲音，臉色劇變，暗罵一句：「又是那個該死的賤人壞我好事！我家住在西邊，如果你們要來，隨時過來。」

丟下這句話，他逃也似地離開了這裡。

里維斯看向聲音傳來的方向，那裡站著一名綁著兩條褐色麻花辮的少女，袖子捲起，看起來非常精明能幹，年紀似乎比安妮還要小一些。

她朝著迪恩逃離的方向揮了揮拳頭，「再不幹好事，小心我大哥回來，我讓他揍你們！」

這是一個活潑的妹妹，里維斯的表情稍微柔和了一些，低聲向她道謝。

少女有些不好意思地低下頭，「沒什麼，你不要相信他們的話，他們是這一帶有名的小混混，總是騙外鄉人的錢！啊，我叫喬妮。」

里維斯沒有報上姓名，只是詢問她：「這裡有不用身分證明就可以居住的旅店嗎？」

喬妮打量了他們幾眼，有些擔心地看著他懷裡的少女，「她怎麼了？」

里維斯略微沉默，挑了部分能說的真相告訴她，「我們正在被人追殺，不能暴露身分，她太累了……」

喬妮看著他們兩個，不知想到了些什麼，眼中居然逐漸泛起了淚花，緊緊握住拳頭，「別擔心，我會幫你們的，你們就來我家住吧！」

里維斯不太明白她都想了些什麼，但她剛剛的表情，似乎很像那些貴族小姐為傳聞中的愛情故事流淚的樣子。

喬妮是個十分健談的少女，她在前面引路，一邊為他們介紹：「這座卡利安小鎮原本可沒有那麼多人，但自從我哥哥成為了命運神殿最年輕的聖騎士，來這裡的冒險者一下子就多起來了。

「你們不用擔心，這裡有很多神殿，各種教會也有自己的護衛隊，那些壞人不敢在這裡做什麼的！」

里維斯的腳步頓了頓，考慮著要不要掉頭就跑，不然他這麼帶著亡靈女巫住進命運神殿聖騎士的家裡，怎麼看都是不想活了。

幸好喬妮又回過頭來說：「正巧我哥哥出去執行任務，你們可以住他的房間。」

里維斯稍微猶豫，真誠地道謝：「那麻煩妳了，我們很快就會離開。」

Getaway Guide for Necromancer

CHAPTER 2

【法師】

里維斯把安妮安置在喬妮哥哥的房間，自己則守在了門口。

他倒是希望能夠先去處理一些事情，但考慮到他現在也變成了不死生物，沾染了亡靈的氣息，如果離開安妮和她身上的輝光之珠太遠，恐怕就會被教會發現。

畢竟他們兩個人都有亡靈的氣息，輝光之珠卻只有一個。

為此，里維斯只好把這些事情拜託給喬妮。

他給了喬妮一枚金幣，喬妮嚇了一跳，「不，用不了這麼多，住旅館的話只要五枚銀幣就行了，而且我家也沒有旅館那麼多服務。」

里維斯微微笑了笑，示意她先冷靜下來。

「這不僅僅是住宿的費用，我還需要妳幫我一點忙。請妳幫我找來信紙和筆，我需要寫一封信給家人，如果可以的話，我也想換一身整潔的衣服。」

喬妮點點頭應承下來，隨後好奇地問：「你不進去嗎？」

里維斯搖搖頭，「騎士不該跟淑女在同一個房間共度夜晚，我會守在門口。」

喬妮大概是第一次見到這樣溫柔且有原則的騎士，不好意思地紅了臉，「好的，其他的事就交給我吧！對了，你們需要一些吃的嗎？」

死人應該不需要進食了。但為了防止她懷疑，里維斯還是微笑著點點頭，「那就拜託妳了。」

他正要再給她一枚金幣，喬妮卻連連擺手，「不，這些就足夠了，而且我也弄不出多豪華的食物，希望你們不要介意。」

里維斯微微笑道：「我會期待的。」

「還是不要太期待了……」喬妮小聲地嘀咕著往外走去，「那麼，我先出門了。」

里維斯目送她遠去，回到安妮房門前，將長劍豎在胸前，暫且閉上眼睛養神。

雖然變成不死生物以後，他似乎也不需要睡眠了，但適當的冥想可以保持警覺。

喬妮回來得很快，她帶回來一身冒險者常穿的便捷衣物，還貼心地附帶了一件斗篷，另外還有一些麵包和魔獸的腿肉，以及里維斯要的紙筆。

里維斯換上衣服，斟酌著字句寫下給家人的信件，然後用獅心騎士團的徽章按下了印記。

他沒有提自己已經死亡並且正被亡靈女巫操控，只是提醒他們自己在黑鐵聯盟遇險，王室內部應該有人圖謀不軌。

——吉斯。

里維斯再次在心中默念這個名字，藍寶石般的眼睛裡醞釀起冰冷的殺意。但猶豫再三，他還是沒有寫下這個名字。在知道他背後的人是誰之前，點明他的存在只會打草驚蛇。

只是這樣的一封信，即使之後他們知道他已經死了，也只會當這是他還活著的時候，察覺到了危險寄出的。

做完這一切，里維斯總算稍微放鬆了下來。

這時喬妮正端著一盆水走了過來，她有些羡慕地看著里維斯手裡的信紙，「您會寫字啊，真了不起。」

在這個時代，大部分平民還是不認得字的，能夠熟練地書寫書信，其實也側面暴露了自己的身分貴重。

里維斯略微沉默，隨後微笑著問她：「妳想要學習寫字嗎？我記得教會裡應該可以學習。」

「我們輪不上的。」喬妮撇了撇嘴，「教會裡的慈善學堂，大部分都是貴族把家裡的僕人送進去，我們這種平民，得給錢賄賂主教才可以。哥哥說他倒是有辦法把我送進去，但我討厭那些裝腔作勢的傢伙，而且哥哥有空也能教我寫字，我已經會寫『喬妮』和『弗雷』了，這是我和哥哥的名字！」

里維斯微笑地看著她，「那也很好。」

喬妮不好意思地笑了笑，抬了抬手中端著的水盆，「我想去幫那位小姐擦擦臉，不舒服的時候保持清潔總會好受點的。如果她還沒醒過來，你就先吃飯吧。」

里維斯點了點頭，暫且把「不死生物怎麼進食」的這個問題拋到腦後，替她打開門，「麻煩妳了。」

「沒關係的。」喬妮露出笑臉。

也不知道安妮小姐怎麼樣了。里維斯認真地考慮著，如果她再不醒來，也許他該冒著風險前去找醫生了。

「啊！」

忽然，門內傳來了一聲尖叫，里維斯立刻打開了門。

房間內，喬妮臉色慘白地跌坐在地上，水盆摔在一邊，水灑得到處都是。

里維斯打量一圈房內的情形，安妮的兜帽被摘下了，但除此以外並沒有什麼奇怪的地方。

「怎麼了？」他謹慎地低聲詢問。

喬妮顫抖著手，似乎見到了什麼極為恐怖的事情，她驚恐地伸出手，指向安妮，「她、她已經死了！沒有呼吸，連身體都是冰涼的！」

「什麼？」里維斯不可置信地瞪大了眼睛。

這是不可能的，如果安妮已經死亡，那麼靠著她魔力維持行動的自己，肯定也會變成一具屍體。

喬妮有些瑟縮地看向里維斯，有些懷疑地問他：「你、你抱著她的時候，沒有察覺到嗎？她渾身都冰涼了！」

她說著說著，忽然有了一個大膽的想法。

難道、難道說這個看起來溫柔俊美的騎士先生，已經瘋了？他不能接受自己的愛人已經死亡，所以抱著她的屍體到處流浪，怪不得旅店不讓他們居住！

喬妮越想越覺得害怕，害怕自己貿然說破這名少女已經死了的事實，會讓這名騎士發瘋！

她斟酌著詞句，想要再挽救一下，「我、我的意思是，她可能體溫太低了，我、我去換點熱水來！」

——不能慌，喬妮！妳可是聖騎士的妹妹，得想辦法出去，去教會和神殿找人！

就在她小心地看著里維斯的反應，一點點朝門口移動的時候，她忽然聽見一道慵懶的女聲響起，就像是剛剛睡醒了一般。

「嗯——我好像被小百靈鳥的叫聲吵醒了。」

喬妮戰戰兢兢地回過頭，發現床上躺著的那名少女不知什麼時候坐了起來，可她剛剛明明已經沒有呼吸了，連身體都是冰冷的，她絕對沒有出現幻覺！

喬妮再也保持不住站立，惶然地跌倒在地。

安妮驚訝地瞪大了眼睛，「怎麼了？是誰把這朵小玫瑰嚇壞了？」

里維斯有些無奈地替她回答：「是妳。」

「我？」安妮臉色古怪地指了指自己，「我才剛剛醒過來。」

里維斯有些不確定這是不是亡靈法師的特徵，但也只能提醒她，「她剛剛替妳擦了臉，妳渾身冰涼沒有呼吸，把她嚇壞了。」

「原來是這樣啊。」安妮露出了笑臉，下床朝喬妮走過去。

「嗚！」看到她試圖靠近，喬妮顫抖著身軀，往後退了兩步。

安妮就站在原地不動了，保持著安全距離朝她笑了笑，「抱歉，嚇壞妳了。既然如此，作為賠罪，我給妳看一個小小的魔法吧？」

她微微抬起手，口中念念有詞：「執掌極寒的北境女王，召喚北風的精靈，請求您賜予我一朵不會融化的雪花。」

藍色的光芒閃過，她手心出現了一枚指甲大小，晶瑩剔透的藍色雪花。

喬妮似乎忘記了害怕，眼睛一眨不眨地看著。

安妮從斗篷裡摸出一根細繩，把雪花串起來遞給喬妮。

「抱歉啦，可愛的小玫瑰，我是一名冰系法師，所以體溫總是很低，嚇壞妳了吧？」

里維斯看著她的表情有些微妙，她這種輕佻的說話方式，簡直跟他那位遊走在淑女裙襬間的花花公子二哥如出一轍，也不知道她是哪裡學來的。

不過……對付小女孩，似乎確實很有用。

喬妮目不轉睛地盯著那枚雪花，喃喃地鬆了口氣，「原來、原來是魔法師大人啊！」

見她沒有抗拒，安妮微笑著把那枚雪花手鍊繫到了她手腕上，然後回頭朝里維斯擠了擠眼睛。

里維斯無奈地笑了笑，總算是稍微鬆了口氣。

喬妮不好意思地站起來，「真是抱歉，我把這裡弄得一團糟，啊，食物已經做好了，我去端來給你們！」

「不用這麼麻煩。」安妮微笑著制止她，「可以麻煩妳幫我們準備一些，方便帶在路上吃的食物嗎？雖然很抱歉浪費了妳的好意，但我們正身陷麻煩，不敢在一個地方停留太久。」

「啊，這樣啊。」喬妮有些懷疑是自己的態度傷害到了他們，但又不知道該怎麼開口道歉，只能低著頭，有些失落地去為他們打包食物。

確認喬妮已經回到廚房，里維斯看向安妮，「妳沒事了嗎？」

安妮點點頭，「忘了跟你說了，我消耗過大的時候需要透過睡眠來補足能量，生命象徵也會逐漸降到最低，在一般人看來就像是死了一樣，幸好你沒有把我埋了。」

里維斯若有所思，「妳還會其他魔法？」

安妮點了點頭，「不過沒有亡靈魔法那麼拿手。喔，對了，咒語是我亂編的。我想，哄小女孩的魔法會需要浪漫一點的咒語。」

里維斯微微笑了笑。

帶上喬妮為他們準備的食物，安妮和里維斯與這位善良的少女告別，準備再次回到白霧鎮。

走出這間小屋，安妮瞇著眼嗅了嗅，「這座小鎮裡，有血腥味。」

里維斯對此並不意外，「這裡有很多的傭兵和冒險者。」

「但有點太濃了。」安妮嘀咕了一句，「算了，不該多管閒事。這裡有聖光教會嗎？我們先去友好詢問一下他們的信件是如何傳遞的。」

里維斯盯著她，安妮有些不自在地摸了摸鼻子，「怎麼了？」

里維斯收回目光，「我以為妳會害怕招惹教會。」

安妮嘀咕了一聲：「反正也不會有比你更麻煩的事情了。」

里維斯面無表情，假裝沒有聽見這句抱怨。

在安妮昏迷的過程中，里維斯也從喬妮那裡打探了不少情報。

這座小鎮叫做卡利安，是因為盛產「勇者」而出名的小鎮，據說近幾年接連出了幾個命運神殿的聖騎士、聖光會的主教、學修會的智者，而被冒險者們視為福地。

來這裡的冒險者和傭兵們逐漸增多，各家教會也都在這裡設立了教堂，也是為了籠絡有實力的冒險者加入。

兩人一邊說著話，一邊接近了聖光教堂。

里維斯看了安妮一眼，提醒她道：「如果做得太過火，我們會被這裡的其他教會圍攻，甚至那些獨行的冒險者和傭兵也會幫忙出手。畢竟在仇視邪惡的亡靈法師這方面，大家都還是有些共識的。」

他看起來有些擔憂，安妮奇怪地瞪大了眼睛，語氣古怪地開口問：「你以為我打算怎麼做？」

里維斯似乎想像著什麼畫面，「想要攻打教堂的話，得召喚亡靈大軍吧，不然怎麼推倒這面牆？我想，能不能少召喚幾個亡靈，悄悄地拆掉一面牆就可以了。」

剛入夜的時候，教堂的大門就已經關上了，他們此刻正站在教堂外的圍牆下。

安妮抽了抽嘴角，「不愧是出身王族的騎士殿下的想法，居然能想到召喚亡靈大軍打進教堂的方法。我想這種小事，翻牆就行了。」

說完，她似乎是怕里維斯抗議，立刻身體力行地趴到了牆邊，回頭呼喚：

「托我一下。」

里維斯沉默地看了看她寬大的黑袍，有些尷尬地清了清喉嚨，單膝在牆邊跪下，十分紳士地別開了視線。

「妳踩著我上去吧。」

安妮也沒有推託，動作輕巧地踩著他的肩膀，縱身一躍翻牆而過。

安妮的身影消失在了牆頭，里維斯深吸一口氣，告訴自己他現在是一個不需要尊貴和體面的亡靈，雖然翻牆這種事……

「呼。」里維斯一個箭步踩在牆面上起跳，手腕碰到牆頂用力一撐，隨後翻身落下。

他落下的時候把安妮嚇了一跳，她拍了拍心臟，舒了口氣，「我剛剛找到了一個隱蔽的地方，正打算召喚你呢。」

里維斯面沉如水，低聲說：「我自己能翻。」

安妮小聲嘀咕：「我不是擔心你能不能，我是考慮你想不想。」

里維斯不知道怎麼回覆，索性當做沒有聽見。他觀察著教堂門前的守衛，除此以外偶爾還有拎著提燈路過巡邏的神職人員。很少會聽說教會遭到襲擊，因此守衛和巡邏的教士人數都不多，看起來多半只是做個樣子而已。

安妮朝他擠了擠眼睛，指了指那個單獨巡邏的教士。

這是一個中年人，都到中年了還在做巡邏的工作，可以推測他在教會裡混得不怎麼樣。此時他走路歪歪斜斜，還不斷打著哈欠，顯然沒把這份工作放在心上。

里維斯忍不住微微地皺起眉頭，如果是他手下的騎士，以這般模樣與態度去巡邏，他肯定會好好地責罰對方。但現在站在這個立場，這樣倒是方便了他們。

沒想到死後不到一天，他就已經突破了自己的底線，里維斯忍不住在內心嘆了口氣。

安妮拉上兜帽，里維斯拉起領巾蒙住了臉。他朝安妮點點頭，悄無聲息地跟上那名教士，在他拐進陰影的一瞬間，他一把伸手捂住他的嘴，把他拖進旁邊的草叢裡。

安妮盯著他的手，「我剛剛以為你會直接扭斷他的脖子。」

里維斯聞言，無語了。

安妮看了一眼那名一臉驚恐，也不敢貿然出聲的教士，威脅了一句：「如果你敢出聲，他就會直接扭斷你的脖子。」

教士惶然點頭，十分配合地一點聲音都沒有發出。

兩人帶著他找到一個距離守衛稍遠的角落，安妮活動了一下手指，教士忽然感覺腳下的地面有什麼動靜，低頭正好看見一雙潔白的骨爪從地下伸了出來，扣住他的腳腕。

他嚇得跌倒在地，但還記得自己被威脅不能出聲，憋得臉色漲紅瑟瑟發抖。

安妮滿意地點了點頭，她故意露出一個不太友善的笑臉。

「我想你應該看出來了，我是亡靈女巫，我現在有點事情要問你。當然，你也可以不回答，這就看你是想變成我珍貴的情報來源，還是想變成我珍貴的實驗材料了。」

教士害怕地張了張嘴，嚇得不敢貿然出聲，小心翼翼地指了指自己的嘴。

安妮也沒想到效果這麼好，愣了一下才回答：「咳，你現在可以說話了，壓低聲音。」

教士立刻開口：「我、我只是一個普通教士，我不知道多少事情，但只要是我知道的，我一定什麼都說！」

安妮有些猶豫該怎麼問，里維斯主動替她開口：「這座教堂有多少戰鬥人員？每晚有多少巡邏人員？什麼時候換班？如果被圍困他們怎麼向其他人員求救，書信最快要多久才能傳出去？」

他把他們最想知道的書信傳遞問題夾雜在這些問題中間，做出他們似乎是想要攻打教堂的假象。

中年教士略微猶豫，最後還是什麼都說了，包括他們想要知道的。

「這座教堂戰鬥人員並不多，有五名會聖光術的法師，還有兩名光明騎士，其他都是普通人。我們這裡只是一個小地方，有這些戰力也十分夠用了。

「每晚只有一名巡邏人員，雖然要求是整晚都要巡邏，但其實夜深以後就沒人會出來了，大家都知道基本上沒什麼人晚上會來教會的。」

這好像是在隱晦地抱怨自己的倒楣，安妮假裝沒有聽出來，把視線挪到另一邊，不讓人察覺出來她在憋笑。

教士繼續縮著脖子說：「……一般教會內的書信都是從資料室那邊寄出

去，不緊急的信件會拜託給教會信任的冒險者，緊急信件會請苦修士親自送往。」

安妮奇怪地挑了挑眉毛，「苦修士？徒步送過去嗎？那多慢啊。」

教士搖了搖頭，「不，不是的，傳聞中苦修士們能夠徒步穿越大陸，他們比駿馬、比雄鷹還快！」

里維斯似乎還記得自己預設的情況，「被圍困的情況下，苦修士也能將信件送出去嗎？」

教士囁嚅著開口：「那、那可能也出不去了，到那個時候，會由主教們透過卷軸向總部發送求助訊息，但是我聽說不是每個教會都有那麼高級的卷軸，我們這種小地方，或許、或許就沒有那個了……」

這番話似乎是希望他們放鬆警惕，就算這名教士看起來不太虔誠，但也還是對自己所在的教會有所維護。

兩人對視一眼，沒有完全相信他的話，不過他們也並沒有真的打算攻打教會，相互比較而言，信件傳遞是最不需要說謊的部分，可信度還挺高的。

教士有些猶豫地看他們一眼，大著膽子提醒道：「這裡是卡利安，除了聖光會還有很多其他教會，如果教堂真的被亡靈法師攻擊的話，其他教會是不會坐視不管的。」

安妮笑了笑，「這就不是你該操心的事情了，還是說你想加入我們呢？但我不怎麼相信活人，想要加入我的隊伍，除非你先變成死人。」

里維斯奇異地發現，她說這種話的時候相當熟練。之前跟女孩子說話的輕佻口吻，現在威脅著別人時的語氣，看起來就像是模仿著不同人說話的樣子。

里維斯思考著她的來歷，難道說她的家人裡，有一名擅長討女人歡心的花花公子，還有一位擅長威脅逼問的危險人物？

安妮清了清喉嚨，里維斯這才回過神來，十分俐落地將教士打暈，兩人再次翻牆離開了這個地方。

里維斯剛剛落地，就迫不及待地開口：「我們的事應該還沒到動用卷軸的地步，很有可能會由苦修士送去，我聽說教會的苦修士都是相當強大的，最好在信件到他們手上之前換掉。」

安妮也不想惹額外的麻煩，「能不驚動其他人就完成這件事，不就好了。走吧，咦？」

她忽然皺起眉頭，抬起頭嗅了嗅，神色凝重。

「血腥味又重起來了。」

里維斯握著劍的手動了動，但他最終什麼都沒說。他現在是安妮召喚的不死生物，那麼就該由她發號施令。

安妮有點彆扭地戴上兜帽，自言自語般開口：「不是多管閒事的時候，這裡有太多教會，太危險了。」

這句話像是在說服里維斯，也像是在說服自己。她快步朝著永夜森林的方向前進，忽然猛地掀下兜帽，轉身朝著另一個方向奔過去！

「該死，我給小玫瑰的雪花破碎了，一定是她陷入了麻煩！」

里維斯不自覺地鬆了一口氣，沒有任何猶豫地跟在了她身後。

安妮小聲地嘀咕著：「希望不是什麼麻煩事情。」

她跟隨著血腥味傳來的方向，一路來到了命運神殿的門口，兩人對視一眼。

里維斯無奈地笑了笑，「身為亡靈女巫，才一個晚上就闖入兩個教會的教堂，聽起來是有些過於囂張了。」

安妮仰起頭嗅了嗅，仔細分辨了一下，「不，不是在教會裡，是教會後面的巷子裡。」

卡利安最近有些不太平靜。

坊間有年輕漂亮的女孩消失的傳聞，有人說是冒險者們惹出的麻煩，也有人說是有邪惡的法師悄悄來到這裡。

喬妮看了看自己手上的雪花手鍊，稍微有點不安。

法師……她並不了解法師。雖然那位騎士給的金幣是真的，也只拿了一點食物。

喬妮猶豫了許久，還是決定去一趟命運神殿，去找和哥哥相熟的神父，拜託他看看這條手鍊有沒有什麼不妥的地方，順便問問哥哥什麼時候回來。

喬妮內心對自己貿然懷疑他們有些歉意，但她也記得，哥哥交代過要萬事小心。

教堂的人總是很多，有來打好關係看看能不能有機會成為教會僱傭的冒險者，也有來訴說苦楚請求神明庇佑的平民。

喬妮繞過他們，找到一個頭髮花白，笑容慈祥的老爺爺，鼓起勇氣開口問：「凱恩斯神父，我、我能打擾您片刻嗎？」

笑容慈祥的神父轉過身，微微點頭，「是喬妮啊，妳哥哥還有一陣子才會回來呢。」

「這樣啊！」喬妮稍微有些失落，接著左右看了看，有些侷促地朝神父伸出手，「凱恩斯神父，我想請問您，這條手鍊，有沒有什麼邪惡法師的氣息？」

凱恩斯神父在她身前蹲下，仔細觀察著手鍊，隨後微笑著抬起頭。

「這是冰系魔法，很基礎的那種。一般高傲的法師是不願意用魔法做這種小飾品的，不過也不排除有那些走投無路的……妳沒有為這一條手鍊花費太多金錢吧？」

「沒有！」喬妮趕緊否認，「這是那位好心的法師送我的，我幫了她一點忙。我沒有見過魔法，所以才會有點擔心，手鍊沒有危害就好了。」

她說著，稍微有些臉紅，因為自己平白無故懷疑了別人而有些窘迫。

凱恩斯神父看出了她的侷促，微微地笑了，「不，妳做得很好，喬妮，保持謹慎是很優秀的品質。」

喬妮稍微鬆了一口氣，她這才有閒心打量起今天的教會大堂，忽然發現帶領民眾祈禱的修女換了一個人。她不由得好奇地詢問：「神父，凱蒂修女呢？」

凱恩斯神父也隨著她的目光看過去，「凱蒂年紀大了，最近有點腰痛，正巧有一位流浪的修女瑪麗來到這裡，可以替她的班。」

瑪麗修女結束了祈禱抬起頭，喬妮對上一雙溫柔的褐色眼眸，忍不住屏住了呼吸，喃喃道：「她好美……」

棕褐色的柔順長髮，溫柔的褐色眼眸，白皙而吹彈可破的肌膚，玫瑰花瓣一般嬌嫩的嘴唇，這樣的美貌不像是一名修女，彷彿是某位精心養護的貴族小姐。

凱恩斯神父哈哈大笑，「是的，簡直就像是神明賜予的美貌，恐怕也是因為她，最近教堂才格外熱鬧，妳沒發現來這裡的冒險者都變多了嗎？」

喬妮知道教會之間也有競爭，有這樣一位討人喜歡的修女在，想來也是教會樂見其成的。

凱恩斯神父樂呵呵地朝她擠了擠眼，「對了喬妮，妳這一條手鍊真的是某位法師送的嗎？不會是哪個小伙子……」

喬妮刷地紅了臉，「您胡說什麼呢！神父，才沒有人……」

她不由得看了看瑪麗修女，只有擁有那樣的美貌，才會有人願意為她買昂貴的首飾，做愛情小說裡那些浪漫的事吧。

凱恩斯憋著笑，清了清喉嚨，「好吧，我們喬妮還是小女孩呢。對了，我剛剛想到，有些高階冰系魔法會有警戒的作用，但從表面是看不出來的，除非我施加一點魔法攻擊試試，但這樣它也會碎掉。」

喬妮一聽，立刻把手鍊藏到了身後，「不，不用了！」

凱恩斯哈哈大笑，喬妮有些惱怒，明白過來這位神父其實是在跟自己開玩笑，而自己剛剛的反應，簡直就像是護著情人送的手鍊的小女生。

她稍微大聲點抗議道：「這不是別人送我的，才沒有人對我有意思呢！我、我又不漂亮……」

凱恩斯收斂了笑意，「別這麼說，妳是多麼可愛又有活力的少女，我可盼望著妳能常來，給教堂帶來點歡笑呢。」

可愛又有活力，但就是不漂亮，喬妮撇了撇嘴，看起來並不高興。

凱恩斯哄她似地說：「好啦，小丫頭。妳哥哥寄來了信，本來是要等儀式過後一起送出去的，不然我現在讓人拿過來，念給妳聽？」

喬妮立刻忘掉剛剛的不愉快，眼睛亮亮地看著他，「真的嗎？神父！」

「當然了！」神父笑了起來，讓人前去拿信。

念完信，神父還教喬妮簡單認了幾個信件上的單字，等她想起自己該回家時，天色已經半黑了。

喬妮匆匆告別了神父，跟著最後一批信徒離開了教會。她忽然注意到人群中有一個熟人，麵包店老闆的女兒菲娜，於是興高采烈地跟她打了一聲招呼。

但菲娜就像沒有看到她一樣，一個人走進了教堂後的小巷子裡。

喬妮愣了愣，教堂後面的巷子原本是貧民窟，現在被不少住不起旅店的冒險者們當成臨時的居所，哥哥曾經交代過她，一個人千萬不要到那裡去。

喬妮想了想，跟上去拍了拍她的肩膀，「嘿！」

她還沒來得及開口，菲娜就甩開了她的手，冷冷地看她一眼便走進了小巷深處。

喬妮有些受傷地站在原地，說起來她跟菲娜確實不算太熟，但她這樣也太傷人了。

小鎮上的女孩子們也是分團體的，菲娜長得很漂亮，尤其是一雙貴族般的藍眼睛，水光瀲灩，惹人憐愛，她跟菲娜顯然不是同一國的。喬妮有些難過地低下頭，懷疑菲娜是不是看不起自己。

喬妮抿了抿唇安慰自己，聽凱恩斯神父說，教堂的後面要進行整治，最近已經不允許住人了，應該不會出事的。但她猶豫了片刻，還是悄悄地走到巷口偷看一眼。

菲娜正漫無目的地在教堂後的街道上轉圈子，也不知道她在做什麼。也許她只是心情不太好，想要去沒什麼人的地方走一走。

喬妮胡亂猜測著。

自己就在這裡遠遠地看著，等她回來的時候再離開就好了。某個瞬間，喬妮想到某些愛情小說裡，默默守候的騎士，忍不住低聲笑了，有些驕傲地抬起頭，她可是聖騎士的妹妹，保護居民也是應該的！

然而菲娜一圈一圈地轉著圈子，喬妮再次躊躇起來，天色太黑了，她也晃了一段時間了，要不然還是去叫她吧？

喬妮探出頭，漆黑的街道裡看不見盡頭，菲娜的身影也不見了。

喬妮慌亂起來，大著膽子出聲：「菲娜！菲娜妳在嗎？菲娜！」

少女的聲音傳得很遠，卻沒有人回應。喬妮想要過去看看，最後還是冷靜了下來。

她要回去敲教堂的門，把神父找來！

喬妮猛地回身，差點被身後的人嚇得尖叫，對方眼疾手快地捂住她的嘴。

喬妮嚇得腿軟，靠著牆滑落在地，有些慌亂地拉住了修女的裙襬，「瑪麗修女！菲娜跑進後面的巷子裡就不見了，您快點叫人救救她吧！」

異常美貌的修女臉色凝重地看了小巷子一眼，點了點頭，「我知道了，妳跟我一起來。」

喬妮正要站起來，忽然察覺到似乎有哪裡不對，修女的裙子怎麼是溼的？

她茫然地收回手，看了看自己溼漉漉的手心，那裡沾著紅色的液體。

喬妮的腦袋轟的一聲，她尖叫著站起來，想要奔出小巷，瑪麗修女扔出

一瓶藥水，玻璃瓶破碎，淡藍色的煙霧升騰，喬妮下意識屏住了呼吸。

隨後她驚恐地發現，小巷的出口消失在藍色的煙霧裡。

她顫抖著回過身，忽然發現修女的臉也有些詭異，她的兩隻眼睛似乎不

太對稱，一隻是溫柔的褐色眼眸，另一隻則是變成了水光瀲灩的藍眼睛！

——那是菲娜的眼睛！

喬妮差點尖叫出聲。

瑪麗修女笑了笑，「正好，我還在猶豫呢，妳看，這兩雙眼睛，哪一隻

比較適合我？」

喬妮瘋狂地搖頭，不斷害怕地往後縮。

瑪麗修女無奈地搖搖頭，「妳長得不好看，沒有哪裡能用得上的，居然連挑選一下都幫不上忙。不過……少女的皮膚總是難以維持，不如先換上妳的那一身皮吧。」

瑪麗修女微笑著拿出一把沾著血跡的古銅色小刀，上面刻著喬妮不認識的文字，比劃了一下，最後對準了她的脖子，自言自語道：「從這裡開始好了。」

她動作輕巧地揮刀落下，似乎一點也不擔心喬妮會逃跑，那瓶藍色藥劑裡也有麻醉劑的成分，一般人根本沒辦法抵抗。

喬妮絕望地閉上了眼睛，然而想像中的劇痛並沒有出現，她睜開眼，只看見一片破碎的雪花。

瑪麗修女吃驚地「咦」了一聲。

冰系魔法帶來的刺骨冰冷讓喬妮整個人激靈了一下，她不知道從哪來的力氣，一把推開瑪麗修女衝了出去，同時放開喉嚨大聲喊起來：「救命啊！有人嗎？救救我們！」

「瑪麗修女是殺害少女的真凶、瑪麗修女是殺害少女的真凶！」

她眼裡的淚水簌簌落下，有些絕望地想，即使她逃不過這一劫，也希望有人能聽見她的聲音。

Getaway Guide for Necromancer

CHAPTER 3

【小笨蛋】

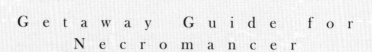

喬妮慌不擇路地逃入教堂後的小巷，一轉頭就看見地上倒著一道人影，空氣中瀰漫著濃重的血腥味。

喬妮踉蹌地朝著她跑過去，遲疑地開口：「菲娜？」

她終於跑到近前，藉著一點月色看清楚了眼前的一切，忍不住跪倒在地乾嘔起來。但她還是顫抖著伸手拉住她，「站起來啊，菲娜，快站起來！」

在她帶著哭腔的聲音的呼喚下，倒在血泊裡的藍眼睛少女動了動手指，她含糊不清地說著：「好痛……我的眼睛好痛……」

瑪麗修女似乎一點都不擔心他們會叫來什麼人，她從容地一步步接近，臉上帶著與白日裡如出一轍的溫柔笑容，「別擔心，她一時半刻還死不了，畢竟眼睛要趁新鮮的時候換。」

她蹲在喬妮面前，似乎還很享受她恐懼的模樣，半撐著下巴面露陶醉，「啊，無論是人們驚豔的目光，還是少女們恐懼的目光，真是讓人百看不厭啊。呵呵，別白費力氣啦，她站不起來的，妳也很快就要站不起來了。

「妳救不了自己，也沒有人能救妳。」

喬妮咬著牙，不肯在她面前服軟，「我哥哥是命運神殿的聖騎士！他很快就要回來了，他一定會調查這件事的！」

「隨便啦。」瑪麗修女不甚在意地擺了擺手，「反正我帶走這雙眼睛後就要離開這裡了，你們這個小鎮裡也沒有別的拿得出手的漂亮部位了。」

忽然，她警覺地回頭，看了一眼街道的另一邊，那裡剛剛發出了一聲詭異的聲響，土地裡鑽出了一個白得發光的骷髏腦袋。

瑪麗修女如臨大敵般站了起來，她的藍色煙霧能夠暫時封鎖一片區域，但對地下並沒有作用！

在她錯愕的目光裡，那個骷髏又刷的一下鑽回地底。

瑪麗修女臉色有些古怪，忍不住猜測難道今晚這裡有出現一名亡靈法師，而這個骷髏是一隻不小心走錯路的糊塗鬼？

不管怎麼樣，她不打算拖延了，以防萬一，她得快點離開這個小鎮。雖然她嘴上說不在意，但無論是命運神殿的聖騎士，還是脾氣古怪的亡靈法師，她都不打算招惹。

她剛一轉身，那個骷髏再次從她腳邊冒了出來，瑪麗嚇得後退兩步，警覺地盯著那個詭異的骷髏。

她這下不覺得這隻骷髏是走錯路了，這周圍肯定藏著一名亡靈法師！這名亡靈法師是什麼時候來的？在她放出煙霧之前？跟這個小丫頭一樣在那個時候混進來的？

瑪麗修女沉下臉，低聲問：「尊敬的亡靈法師，您不願意露面嗎？」

她悄悄注意著身邊的動靜，預防亡靈法師從哪個陰影裡突然竄出來。

喬妮也被眼前的變故嚇呆了，她有些不安地看著眼前的骷髏從地底爬出來，一對空洞的眼眶對準了她，似乎是在觀察她。喬妮害怕得渾身緊繃，但又忽然生出一點奇異的希望，難道、難道這個骷髏是來救自己的？

突然，骷髏的身後打開了一扇門，她看見兩個熟悉的身影從門後跨了出來，即使他們稍微遮掩了面容，喬妮還是一眼認出了，這就是在自己家裡借宿的兩人！

安妮戴著兜帽，但也沒有特意要藏起自己的臉，她微微笑了笑，「看來我還沒來晚，沒事吧，小玫瑰？」

喬妮忽然鼻子一酸，淚珠大滴大滴地落下來，她語無倫次地開口：「菲娜、菲娜的眼睛……」

安妮在她身邊蹲下，稍微查看了一下情況，忍不住皺起眉頭。她相當直截了當地說：「她還有救，但那隻眼睛沒辦法了。」

安妮轉頭朝虛空看了一眼，喬妮忽然感覺渾身一涼，就好像有什麼東西在自己身上穿過，隨後她就逐漸恢復了知覺。

她茫然地四處查看，似乎看見一個模糊的影子，像是一位佝僂著身形的老太太，正從自己身上收回手。

她有些害怕地瞪大眼睛，難道，這是傳聞中的鬼魂？

喬妮張了張嘴，「這到底是……」

「噓。」安妮微笑著示意她別出聲，喬妮下意識屏住了呼吸，安妮看了看天色，幫她指了個方向，「今晚不適合賞月，小玫瑰妳該回家了。」

喬妮順著她指的方向看過去，周圍不知何時颳起一陣大風，那些詭異的藍霧消失了，顯露出原來的小巷入口。

她用力眨了眨眼，似乎不敢相信自己就這麼得救了。

安妮並沒有解除菲娜身上的麻醉，所以喬妮扶起她的時候還有點吃力。不過這也沒辦法，一旦麻醉解除，失去眼睛的劇痛很有可能直接讓這名女孩昏過去。

喬妮看向黑漆漆的巷子，有些不安地回過頭，「那、那妳呢？」

「我還有些事要處理。」安妮沒有回頭。

瑪麗修女站在不遠處，神色有些晦暗不明，她看著準備離開的菲娜有些不滿，但也沒有貿然開口留人。

喬妮看著漆黑的小巷，心裡不由得有些害怕，但還是撐著菲娜，硬著頭皮往前邁出了腳步。

安妮的聲音在身後傳來，「那條路有點黑，但妳能走過去的，對嗎？」

喬妮忽然覺得有點安心，她用力點頭，「我去敲每一個教堂的門，一定有人能救菲娜，我會找人來幫妳的！」

安妮的笑容有些僵硬，不，這個就沒有必要了。

然而她還沒來得及制止，喬妮就扶著菲娜跑出去，這個少女似乎很有力氣，帶著一個跟自己差不多高的女孩還能健步如飛。

「咳。」里維斯忍不住稍微升起了一點笑意。

安妮憤憤地回過頭，「好吧，那就在她帶人回來之前，解決掉這個拼接人吧。哎呀，真是隔了好遠都能聞到那股腐肉的臭味啊，頂著搶來的少女面孔，實際上已經是一個老婆婆了吧？

「啊不，其實妳也不一定是女性。」安妮露出若有所思的表情。

瑪麗修女的臉色稍微有點扭曲，但她很快平靜下來，往後一步，從腰間抖落一個藥瓶，直接砸在她腳下的法陣上。

——她趁剛剛安妮和喬妮說話的時候，直接用血跡畫了一個法陣。

這是一個召喚陣，安妮瞇了瞇眼睛，和她召喚小骷髏的魔法類似，但這個修女召喚而來的，卻不是任何已有的魔法生物，而是一個有著無數手腳器官的大肉塊。

里維斯毫不留情地一劍劈下，那團肉塊發出不似人聲的尖嘯，就像是無數少女的哭喊。

里維斯愣了一下，臉色有些古怪，這團肉塊似乎只有長得格外嚇人而已，肉塊本身一點攻擊力也沒有。

安妮稍微歪了一下頭，剛剛站在那裡的修女已經趁亂逃跑了。

安妮打出一個響指，潔白的骷髏們再次從地底下鑽出來，很快就發現瑪麗修女的蹤跡。

安妮再次透過骷髏定位，直接傳送到了瑪麗修女的面前，她露出笑臉，「妳就這麼把自己的衣櫃丟下了，想要自己逃跑嗎？」

剛剛那團詭異的肉塊，應該是被瑪麗用禁忌鍊金術組合在一起的備用器官們，這樣就能讓它們保持活性，不至於腐爛，根本算不上戰鬥力，扔出來也只有嚇人作用。

看起來她確實是黔驢技窮了。

瑪麗修女跌坐在地，害怕地往後縮了縮，顫抖著說：「尊敬的法師大人，您、您有什麼想要的嗎？您需要屍體做材料嗎？您需要鍊金藥水嗎？我什麼都可以給您，請您放了我吧，我不知道那是您的、您的眷屬……」

安妮覺得有點好笑，「妳似乎沒什麼戰鬥力。」

——怪不得只敢挑平民的少女下手。

瑪麗修女連連點頭，「是的，大人，我就是個愛慕虛榮的女人而已，我沒有什麼危害的，我可以成為您的僕人！」

安妮捏住鼻子，說：「啊，可是妳太臭了，我不想要這麼臭的僕人。」

一個和屍體打交道的亡靈女巫，嫌棄什麼腐肉臭啊！瑪麗修女的表情一瞬間有些扭曲，但她還是順從地低下頭，「我願意付出一切代價，請您寬恕我吧。」

安妮搖了搖頭，「妳又沒有傷害我，我怎麼能寬恕妳呢？」

瑪麗修女帶著希冀抬起頭，「那麼，大人，我……」

下一秒，趕來的里維斯一劍斬斷了她的脖子。

一個紅色的藥水瓶滾落在地，安妮撿起來嗅了嗅，「爆炸藥水，看來還是留了點後手的嘛！」

對於倒在地上的屍體，她看也沒有看一眼。

里維斯微微皺起了眉頭，「您不應該自己追來，她就是想避開與我戰鬥，引誘您直接和她交手。」

安妮笑了笑，「抱歉，但我只是覺得對『淑女』下手你可能會有些不適。」

她朝外走去，里維斯跟在她身後，「妳說了，那不是修女，那只是禁忌鍊金術的產物。」

「對，沒錯。」安妮的聲音從遠處傳來，「那個肉團就不用管了，等教會的人來處理吧，他們會有辦法的。」

他們的聲音漸遠，倒在地上的修女頭顱突然扯出一個微笑，她滿含惡意地睜開眼，「白痴，我的頭都是撿來的，鍊金合成物光砍掉腦袋怎麼會死呢？」

然而她一轉頭，就看見自己的無頭屍身被幾雙從地底伸出來的骷髏手扣住，而那個一開始被安妮當做傳送標幟的骷髏蹲到她的面前。

安妮的聲音從它的喉骨處傳來，「妳怎麼會想在亡靈女巫面前裝死呢？小笨蛋。」

骷髏端起她的腦袋，在她驚恐的尖叫裡把手骨伸向她的眼眶。

「剛剛我們還沒聊完，妳得去冥界問問那些死去的少女，願不願意寬恕妳。祝妳好運，小笨蛋。」

兩人離開卡利安小鎮的時候，里維斯看到安妮似乎有一瞬間的失神。他有些戒備地握緊了手裡的長劍，低聲問：「怎麼了？」

安妮迅速抬起頭，露出笑臉，「沒什麼。」

她悄悄把手藏進寬大的黑袍裡，心不在焉地想，有的事情還是不要讓里維斯知道好了。畢竟亡靈法師的行事準則，要說服心懷正義的王子殿下，可能要稍微花點工夫。

里維斯稍微放鬆下來，「我還以為妳又睏了。」

安妮笑了起來，「別擔心，只是召喚幾個小骷髏，沒多少消耗。」

兩人面前開啟一扇漆黑的傳送門，他們一前一後跨進去，很快出現在永夜之森的邊緣，地上還插著一隻潔白的骨手當做標幟。

里維斯出來的時候險些踩到它，有些狼狽地下意識道歉：「抱歉。」

地上的骨手居然還擺了擺手，示意他別介意，里維斯來不及多說什麼，安妮笑了一聲，又拉著他再次推開了黑色的門。

經過了幾次傳送，里維斯逐漸習慣趕路節奏。他看了看安妮，忍不住詢問：「既然有這樣的方法，妳逃離教會追捕的時候為什麼不用呢？」

安妮無奈地聳了聳肩，「對方是跟死靈法師打交道最多的聖光會，他們有追蹤的辦法。而且我那時候已經消耗很大了，萬一倒在半路，恐怕會直接被當成屍體埋了。」

他們一路傳送到了白霧鎮外圍，安妮沒有再貿然召喚骷髏。聖光會對亡靈的氣息格外敏感，說不定會被他們提前察覺。

走到熟悉的圍牆邊，這次里維斯已經沒有任何抗拒了，他熟練地讓安妮踩著自己的肩膀爬上牆，隨後自己也悄悄翻了過去。

這裡的守衛也不比隔壁卡利安的好多少，潛入資料室並沒有多困難。

安妮打量著聖光會教堂資料室的內部，一排排書籍排列在木架上，有大陸的編年史、通用啟蒙教材這類日常用書，也有用古語撰寫的古老卷軸、刻著法陣的羊皮卷等魔法用具。

安妮看了一眼認真搜尋書信痕跡的里維斯，好奇地翻開一個卷軸。

那邊里維斯仔細地翻了翻書櫃，找到一冊記載書信傳遞記錄的本子，上面赫然記載著苦修士盧卡斯在半天前，已經帶著雷納特主教的密信，往西前往黎明鎮。

里維斯無奈地嘆了口氣，還是來晚了。

他轉頭看見安妮拉開一張羊皮卷軸看得津津有味，奇怪地問：「您在看什麼？」

安妮舉了舉手中的羊皮卷，「學會了一點很有用的小招數。看樣子沒找到信？」

里維斯嘆了口氣，「已經由苦修士送往黎明鎮了。」

安妮把羊皮卷放了回去，像是隨口似地說：「那得去問點黎明鎮的消息了。」

里維斯皺起眉頭，「如果信件已經交到苦修士手裡，我想我們最好放棄這條路。否則就算我們從苦修士手裡奪走那封信，也會把自己暴露在聖光會眼前，借用教會之手傳遞信件的方式，基本上也……」

安妮露出笑臉，看樣子並沒有覺得現狀有多麼大的問題，「總得問問情況吧，說不定還有機會呢。」

里維斯略微沉默，還是走到資料室窗前打開窗戶，他藏在窗後的陰影裡，就像耐心等待獵物靠近的年輕雄獅。

打著哈欠的守衛經過資料室窗前，有些困惑地看著這裡開著的窗戶，嘀咕著過來想把窗戶關上。里維斯突然發力，捂住他的嘴，把他整個人從窗口直接拖了進來。

安妮忍不住挑了挑眉毛，這位王子殿下雖然長了一張俊美的臉，但戰鬥風格卻相當豪邁。

她忍不住多看了一眼他肌肉並不明顯的手臂。

「別出聲。」里維斯壓低了聲音，手中的劍已經架到守衛的脖子上。

守衛驚恐地睜大眼睛，還來不及掙扎，安妮就伸出手放在他眼前，開始吟誦：「光輝照耀之下，黑暗無所遁形。讚頌主，讚頌光明。」

守衛只看見滿目的光芒，逐漸停下了反抗，目光呆滯地喃喃跟著念：「讚頌主，讚頌光明。」

里維斯默默收回手，目光複雜地看著渾身散發著聖潔氣息的亡靈女巫。

從來沒人跟他說過，原來女巫也可以使用聖光法術。

安妮嫌棄地在鼻子前面扇了扇，「啊，我好像被討厭的聖光氣息包圍了。」

這是剛剛她從羊皮卷軸上看來的聖光訓誡，是一個能讓人只說真話的實用好法術。她只是心血來潮想要試一試，沒想到自己卻沾了一身聖光氣息，讓她渾身不自在了起來。

里維斯上前一步進行詢問：「苦修士盧卡斯的實力如何？」

守衛的表情似乎有所動搖，「苦修士大人的實力……我們都沒親眼見過，但聽其他人都說，他們是十分厲害的戰士和法師。不過誰知道呢？反正他們再厲害也不會給我們這種小人物多發一枚銅幣。」

安妮臉色古怪地和里維斯對視一眼，這位守衛在聖光訓誡的作用下，似乎毫無防備地展現出自己內心的陰暗面。

——聖光會這個法術比他們想像中更可怕啊！

里維斯接著詢問：「他現在到哪裡了？」

守衛繼續放鬆目光，「全力趕路的話，天一亮就該到達黎明鎮了。如果他沒到，那應該就是在半路偷懶了，畢竟那個苦瓜臉苦修士和那個臭脾氣老頭主教關係也不怎麼好，沒必要為他跑得那麼勤快。」

安妮饒有興趣地問：「那個苦修士長了一張苦瓜臉？」

守衛直言說道：「不，不是長了一張苦瓜臉，是總是擺出一張苦瓜臉，看起來就讓人覺得他的日子不是很好過。不過苦修士這個名字聽起來就讓人覺得很沒有希望，還是主教更風光啊！」

里維斯似乎有點聽不下去了，「關於黎明鎮，你知道哪些事？」

守衛回答：「白塔國的公主在黎明鎮的教堂祈禱，聽說白塔國境內的惡龍有復甦的跡象，他們似乎想跟教會合作。苦瓜臉應該也是想在公主面前露個臉，畢竟他雖然長得老，年紀好像還不大，有點春心萌動也正常。」

安妮憋著笑，「你見過那位公主嗎？」

守衛又說：「我哪有見公主的命啊。不過我聽說白塔國的王室有巨人族的血統，那個公主據說有兩公尺高呢！」

安妮看向里維斯，里維斯微微點頭，看樣子白塔國王族傳說中有巨人族血統，和金獅國王族傳說中有魔獅血統一樣，都是大陸上公認的傳聞了。

問完了想知道的，安妮站起來，里維斯熟練地打暈守衛，把他拖到了書架後面。

安妮看向里維斯，「去黎明鎮嗎？」

里維斯顯然有些意動，但他還是十分謹慎地開口：「我不明白您這麼做的目的。」

安妮看向遠處，「你說過，我把你變成不死生物的事情，聖光會已經知道了。那看來我在菲特大陸揚名也是遲早的事。既然這樣，我們也不用那麼小心地行事了，只要能達成我們的目的，稍微高調一點也沒關係。」

里維斯看著少女的側臉，「什麼目的？」

安妮收回目光，「我要找回家人，而你要傳遞消息，這就是我們目前的目的。走啦，就當成是去湊熱鬧吧，我還沒見過公主呢。」

里維斯沉默地跟在她身後，似乎沒什麼異議，只在再次跨入傳送門的時候低聲問了一句：「妳好像並不在意苦修士的實力？」

安妮沒有直接回答他的問題，只是笑了笑，「如果擔心的話，你要進階一下嗎？我不久前拿到了好材料。」

里維斯一邊不太想知道不死生物用來進階的是什麼東西，一邊又忍不住好奇詢問：「是什麼？」

安妮笑容不減，「一個骯髒的靈魂，這可是不死生物進階的上好材料。等你進階之後，就可以自己恢復傷勢，還能簡單使用一些亡靈魔法了。」

那樣就更不像一個人了，里維斯沉默著，沒有立刻回答。他其實也沒有非要變成強大不死生物的執念，他只是還牽掛著遠方的家人，不甘心就這樣死去。

成為不死生物已經是意料之外，如果再次進階，他有些擔心自己會不會越來越接近傳聞中的不死生物，越來越沒有人性。

安妮主動給他一個臺階，岔開話題道：「別太擔心，我一個人也應付得來。你應該從傳聞裡也聽說過亡靈法師有多難纏吧？對了，你見過白塔國那位公主嗎？」

里維斯鬆了口氣，低聲提醒她，「年幼時應該見過的，但並不熟悉，不知道在那裡的是第幾公主。白塔國與聖光會走得相當近，有好幾任君主都是聖光會的信徒。這個時候的黎明鎮，戒備應該相當森嚴。」

——而且聽起來對亡靈法師相當不友好。

安妮默默在內心替他補充，隨後腳步不停地趕往黎明鎮。兩人一邊說話一邊趕路，終於在太陽剛剛升起的時候，接近了黎明鎮。

安妮停下了腳步，對他露出一個有些狡黠的笑臉，「我剛剛想了一個很有意思的計畫，尊敬的王子殿下，您會演戲嗎？」

里維斯微微愣住，有些困惑地蹙緊了眉頭，「應該……」

黎明鎮，聖光教堂內。

天空剛剛透出一絲光亮，年輕的修女和教士們已經從房間裡出來，開始一天的準備工作。

有人將衣物送去教堂後部晾晒，也有人給教堂前裝飾的花澆水，還有人哈欠連天匆匆趕往教堂內部。

神聖的教堂內，是一派祥和的生活氣息。

一聲尖叫打破了這份寧靜，驚慌的教士和修女還來不及趕去查看情況，就驚恐地發現他們腳邊的土地聳動，似乎有什麼東西正在破土而出。

一雙潔白的骨手從土地裡伸出來，拔蘿蔔般扯出一副完整的骷髏，它空洞的眼眶掃視了一圈，慢慢地盯住了眼前正在洗衣服的修女。修女驚慌地尖叫起來，隨手抄起洗衣服的木盆砸到骷髏頭上。

這個看起來品質不錯的木盆匡當一聲碎成木片，骷髏反應慢了一拍，隨後搖擺一下，仰面倒在地上，頭一扭就像是失去了意識。

修女驚疑不定地看著倒地的骷髏，有些懷疑自己的力量。

藏在陰影中觀察著情況的里維斯略微有些無言，這些骷髏的演技實在讓人不敢恭維。

這邊一隻骷髏被修女拿花瓶砸倒在地，那邊一隻骷髏被年輕的修士推一下就散了架，怎麼看都覺得演得有些刻意了。但年輕的修士修女們並沒有察覺有什麼不對，反而情緒高漲愈戰愈勇。

安妮饒有興致地看著這些骷髏演戲，她也並不是打算依靠這些骷髏進攻聖光教堂。只不過想製造混亂，讓這些骷髏遍布教堂，這些散布在教堂內的骷髏會變成她的標幟，她就能利用傳送門，在這個教堂內來去自如。

看著這些似乎樂在其中的骷髏，安妮笑了笑，看向里維斯，「找到公主殿下了。」

熟悉的黑色大門在他們眼前打開，安妮率先跨入了門內。里維斯下意識想要找個什麼遮住面容，隨後想到，這場戲裡，他也得露臉才行。

安妮從傳送門裡出來，打量了一眼四周，現場有四位演員——身形高挑的公主，金色捲髮的年輕貴族，還有一大一小兩隻骷髏。

兩隻骷髏的戲似乎正到了高潮部分。

身形較大的骷髏倒在地上奄奄一息，身形較小的骷髏攔在年輕的貴族身前，如果不是沒有眼睛，恐怕此時還得掉上兩滴淚。不過就算如此，也不影響它的演技發揮，小骷髏渾身顫抖著，一步也不退，硬是用一副骨架演出了膽怯和決絕交織的複雜心理，安妮差點要給骷髏們鼓鼓掌。

里維斯無言地看了看安妮，安妮立刻反應過來他們還有正事要做，有些尷尬地清了清喉嚨，兩隻骷髏立刻心領神會，小骷髏一頭撞上了年輕貴族的劍，撲通一下倒在地上，地上那個也彷彿受不了刺激般失去了動靜。

「什、什麼！」年輕的貴族沒想到它們會來這一齣，自己也嚇了一跳。

「凱文！」公主擔憂地叫了一聲，警戒地看著突然出現在這裡的兩人。

里維斯一眼看出，這個名叫凱文的貴族並不擅長戰鬥，他握著劍的架勢十分生疏，站姿也漏洞百出。他不動聲色地觀察著四周，這裡是一個內部小教堂，公主應該是不想要祈禱的時候有其他人在身旁，因此這裡連一個守衛都沒有。

凱文聽到公主的呼聲，鼓起勇氣攔在她身前，「別擔心，格瑞雅殿下，我會保護妳的！」

安妮十分好奇地打量著公主，嘀咕了一句：「也沒有兩公尺啊。」

里維斯無語了。雖然她壓低了聲音，但在這麼一個小教堂裡，還是在這種緊張的情況下，在場的所有人都聽得清清楚楚。

格瑞雅公主似乎有些惱怒，「那只是傳言而已！」

「咳。」安妮不好意思地笑了笑，「看來是的，妳只不過是一個普通的漂亮公主，一點也不像傳說中的巨人。」

「啊……非常感謝您的稱讚。」格瑞雅公主有些不知所措，下意識遵照自己多年來所受的貴族教育，對安妮的稱讚表示了感謝。

「公主！」凱文出聲提醒她，這位有些天真的公主才刷的漲紅了臉。

「請、請您不要愚弄我，我知道妳是亡靈女巫！」

「大家應該都知道啦。」安妮一點也沒打算掩飾自己的身分，好奇地四處打量，「妳這裡居然一個守衛也沒有嗎？」

凱文挺起胸膛，「可惡的女巫，妳別不把我放在眼裡！什麼叫沒有一個守衛，還有我在呢！」

「哦，那可真是失敬，讓我對這位騎士表示尊重吧。」安妮微微彎下腰行了一個禮，然後打了打響指，趾高氣昂的凱文立刻感覺到渾身冰涼，自己的四肢不受控制，就連大腦的思維都逐漸變得緩慢。

安妮露出笑臉，「現在我可以這麼說了嗎？這裡居然一個守護者也沒有。」

「凱文！」格瑞雅公主握緊了手中的法杖，盯緊了附在凱文身上的鬼魂，

「離開他，你這個骯髒的惡靈！」

「啊，你們貴族罵人都只會『你這個骯髒的某某』這樣嗎？」安妮有些無奈，隨後驚訝地看向格瑞雅公主，「等等，妳看得見死靈嗎？」

格瑞雅抿緊了唇，沒有回答她的問話。

安妮露出笑臉，「算啦，也不重要，我的目標只是妳而已。」

格瑞雅公主一臉決絕地看著她，「我不會讓妳利用我做任何傷害他人的事情，如果妳想以我為要挾，我會立刻死在這裡！」

凱文眼含熱淚，似乎想要掙脫惡靈的束縛朝她伸出手，蠕動著嘴唇，好像還在喊她的名字。

安妮摸了摸鼻子，做壞蛋還真的很有心理壓力啊。她正了正神色，露出一個嘲諷的笑容來，「尊貴的公主殿下，我是一個亡靈女巫喔，比起活人我更喜歡死人。」

格瑞雅公主噎了一下，底氣明顯不足地反抗道：「反正，我、我絕對不會如妳的意！」

安妮無奈地瞇了瞇眼，這個公主怎麼傻呼呼的，讓人都不好意思下手了。

格瑞雅公主咬牙舉起了法杖，安妮考慮著要不要接一招感受一下威力，誰知道公主只是舉著法杖，速度並不快地接近她揮了出來。

安妮愣神間，里維斯已經一步邁上前，奪下了那根法杖。

安妮和他在腦海中進行對話：**「里維斯，下手輕點啊，她都要哭啦。」**

里維斯面上表情不變，內心十分無奈地喊了一句：**「安妮小姐……」**

安妮立刻投降，**「好吧、好吧，我知道我得繼續演壞人。」**

安妮正考慮著接下來要怎麼發揮，隨意打量了一下這個教堂，誰知道公主殿下大驚失色地擋在一扇暗門前，如臨大敵道：「我是絕對不會讓妳進入資料室的！」

安妮愣了一下，隨後露出笑臉，「啊，那我就非得進去看看了。」

在她的示意下，里維斯一劍劈開暗門，裡面果然和他們在其他小鎮見到的資料室大同小異。

安妮歪了歪頭，突然想到一件事，「資料室裡什麼都會記載嗎？會不會有亡靈法師的記載？」

格瑞雅公主攔在書架前，「當然了，聖光會一直關注著大陸上所有亡靈法師的傳聞，不論是疑似出現亡靈法師的地方，還是曾經被處死的亡靈法師都會有所記載。」

安妮的神色動了動，里維斯沉默地看了她一眼。

書架上忽然冒出來一雙雙骨手，飛快翻找著資料，格瑞雅公主被眼前恐怖的景象嚇得跌坐在地。

安妮微微朝她笑了笑，「請妳稍微耐心等一等，現在還不是處理妳的時候。」

一隻隻骨手將一本書冊層層傳遞到她眼前，安妮深吸一口氣打開，飛快地翻閱著，終於找到了她想要知道的消息。

大陸南部晴海部族，曾有人見到復活了海妖屍骸的黑髮亡靈法師，根據傳聞，他自稱魔法師梅斯特。三位主教前往追捕，但最終還是失去了他的蹤跡。

傳聞魔族與一位邪惡的亡靈女巫合作，要復活歷代魔王。魔族生活在深淵魔土，無法貿然接近，暫無情報。有目擊者稱那是一位異常美貌的少女，也有人稱是一位醜陋的老太太。

東部大陸，精靈居住的翡翠城中，出現了蠱惑精靈墮落的亡靈法師，而後被精靈女王驅逐出境。在一位紅衣主教、三位主教的圍捕下，亡靈法師戈伯特被處以火刑。

安妮猛地閉上了眼睛。

格瑞雅一直觀察著她的表情，此刻莫名覺得這個女巫陷入了悲傷，她有些遲疑地問：「妳在尋找誰的下落？」

安妮睜開眼睛，如實地回答：「我的家人。」

格瑞雅張了張嘴，還是低聲說：「被卷宗記載的亡靈法師不會有太好的下場的。」

安妮面無表情地打斷她，「我知道。

「對付亡靈法師要用火刑活活燒死，是要讓他們的靈飽受折磨，死後不能變成惡靈。但一般的火焰無法將亡靈法師的骨頭燒成灰燼，如果在場沒有一名火系法師的話，就會一寸寸把他們的骨頭敲碎。據說這麼做的時候，還能聽到亡靈法師靈魂痛苦的哀號，據說這被聖光會當做他們懺悔的證明。

「我很清楚，里安娜告訴過我很多遍，如果我跑到外面，被人抓住了就是這種下場。」

里維斯緩緩握緊了拳頭。

Getaway Guide for Necromancer

CHAPTER 4

【演戲】

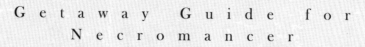

格瑞雅公主似乎被她的悲傷感染，有些不忍心地開口：「妳沒事吧？」

安妮歪頭露出燦爛的笑臉，「啊呀？尊貴的公主殿下在心疼我嗎？但我也許是騙妳的，畢竟我是個骯髒的女巫——坊間傳言，我們女巫最擅長的就是蠱惑人心喔？」

格瑞雅公主的表情有一瞬間的動搖，但她依然堅定地看向安妮，「但我想，那份對家人的牽掛不是假的。女巫小姐，如果妳願意起誓，妳只是要尋找家人的下落，不打算傷害任何人，我可以就這樣讓妳離開。

「教堂裡的守衛就算再怎麼拖延，也快要過來了。」

「真是善良的公主。」安妮低喃了一句，就在這時，他們等待已久的教堂守衛們終於趕了過來。

里維斯持劍擋在安妮身前，安妮活動了一下手指，「抱歉啦，善良的公主殿下，但我就是為了報復來的。我想來想去，還是決定將各國尊貴的王族變成我的亡靈奴僕，這樣比較符合傳聞中我邪惡女巫的身分，您覺得呢？」

她一直帶著笑，自從守衛闖進來以後笑得更是燦爛，但格瑞雅公主卻微妙地覺得有些違和。

黎明鎮教堂主教搶先開口：「別以為妳能在神聖的教堂裡為所欲為！妳

這個該死的女巫！」

安妮歪了歪頭正要說話，但主教往前一步，揮動短杖直接發動了聖光術，似乎根本不打算聽她說話。

里維斯也一步跨上前，直接一劍劈在了他的短杖頂端，勢大力沉的一擊讓主教的短杖差點脫手而出，即使險險握住也沒能控制住聖光術的準頭，聲勢浩大的光芒淹沒了凱文。

「凱文！」格瑞雅公主焦急地喊了一句。

光芒中同時響起兩聲嘶喊，安妮眉毛一挑，招了招手，格瑞雅公主看見一團虛影飛快地鑽進了女巫的袖子裡，隨後凱文倒在了地上，看樣子是昏了過去。

「哼！」主教冷哼一聲，還不服輸地要進行攻擊，只不過這次他學乖了，沒再試圖與里維斯短兵相接，反而後退幾步拉開了距離施法。

「不要衝動！」門口不知何時站了一名灰袍苦瓜臉的青年，在他沒出聲前，安妮都沒有察覺到他站在那裡。

安妮瞇起眼，試探著問：「苦修士盧卡斯？」

苦瓜臉看了過來，微微點了頭算是承認了，「妳就是那個殺死金獅國第三王子的女巫？」

——他果然知道那封信上寫了什麼。

安妮也不怎麼意外，同樣點了點頭承認，「是我，今天我打算順便帶走白塔國的……對了，妳是第幾公主來著？」

安妮轉頭看向格瑞雅公主，公主卻沒有回答她的問題，驚疑不定地看向那個沉默的金髮少年，「你是……」

里維斯略微偏過頭看她一眼，面無表情地揮劍攻向苦修士盧卡斯。

盧卡斯目光悲憫地看著他，「已經失去自己的意識了嗎？」

他忽然握住雙拳，拳頭上包裹著內斂的聖潔光芒，猛地朝著里維斯砸了過去。安妮神色一動，里維斯居然直接被他一拳轟了出去，砸到教堂的牆上，掙扎了好幾下才爬起來，忍不住露出略微痛苦的神色。

安妮瞇起眼，變成不死生物之後，里維斯應該已經沒有肉體痛覺了，會讓他覺得痛苦的，只有針對靈魂的光明系法術攻擊了。

盧卡斯神色悲憫地看向安妮，「如果妳只有這點本事，那麼今天妳就該永遠留在這裡懺悔自己的罪行了。」

安妮捏著下巴思考了片刻，「嗯，我回憶了一下，好像沒有什麼特別要懺悔的。」

「不知死活！」主教冷笑一聲，也往前一步，「盧卡斯閣下，請讓我協助您！」

盧卡斯不置可否，只是盯緊了安妮。

安妮隨意抬了抬手，那些骨手就攀上了格瑞雅公主的肩頭，在她的驚呼聲中把她扣在原地。安妮邊往前走，邊抬起手開始吟誦：「沉睡於深淵的神明，我將為您獻上不敬者的心臟，獻給死亡本身。」

「咕！」主教一下子捂住了胸口，撲通一聲栽倒在地，就連苦修士盧卡斯也臉色劇變，忍不住搖晃一下身形。

但他似乎還有餘力，大聲呼喊：「我請求光明神的庇護，我行走在光明之下，我無懼黑暗的侵襲！」

一道聖光落在他和主教身上，兩人痛苦的神色都減輕了不少。

安妮微微笑了笑，盧卡斯瞳孔一縮，忽然看見她垂下的袖口處隱隱露出法陣的邊角，他還沒來得及戒備，就感受到身後傳來一股深入靈魂的陰冷，他整個人都彷彿由內而外地被凍僵了。

他僵硬地回過頭，只看見一個虛幻的魂影，像是一位身材曼妙的女性魂靈，只是她臉上卻有著蜘蛛般的複眼。盧卡斯正好看到她張開嘴，露出昆蟲模樣的口器，撕裂靈魂的尖嘯在他們腦海中直接響起。

主教承受不住，直接昏了過去，盧卡斯苦苦支撐，咬牙看向安妮，「妳居然能驅使痛苦女妖！」

「啊，你認得她啊？」安妮驚訝地瞪大眼睛，隨後打出一個響指，倒在牆邊的里維斯重新站了起來，拎著劍走到無力反抗的盧卡斯面前。

安妮笑了起來，「死在尊貴的王族手下，比死在骯髒的亡靈女巫手下要好得多對吧？」

盧卡斯一言不發，虛弱而蒼白的臉色讓他的臉看起來更加苦澀。

里維斯面無表情地抬起長劍，就在他揮下的一瞬間，格瑞雅公主忍不住出聲呼喊：「里維斯閣下，請住手吧！」

里維斯握著長劍的手微微顫抖，盧卡斯敏銳地看到他的表情有些掙扎，於是也大聲喊道：「里維斯殿下，您要想起獅心的榮耀，不能被這個該死的女巫操縱！」

安妮抖了抖眉毛，低下頭不讓人看出自己的表情。

——他們果然相信了。「因為強大的信念，王子短暫掙脫了亡靈女巫的操控」，多麼適合傳頌的英雄故事啊，聽起來就是教會會喜歡的類型。

里維斯的表情逐漸痛苦，最後掙扎著吐出一句話：「告訴……金獅國王室，當心叛徒！」

盧卡斯和格瑞雅公主微微一愣，隨後公主立刻答應下來：「您放心！我一定會把這個消息傳遞回去的！」

盧卡斯卻想得更多，他目光幽沉，思考著里維斯的這句話。雷納特主教是在永夜之森見到王子殿下的，那時候他們正追捕著那個亡靈女巫。

在進入永夜森林之前，那個女巫沒有召喚過王子，也就是有很大的可能……她是在那片森林裡才得到了王子的屍體！尊貴的王子怎麼會去永夜之森？聯想到他剛剛透露的「背叛者」，盧卡斯已經腦補出不少劇情。

安妮冷哼一聲，替里維斯圓一下劇情，「哼，真是頑強啊，居然還有意識嗎？」

她招了招手，里維斯放手中的劍，搖晃著身體，恢復面無表情的模樣，沉默地走到安妮身邊。

就在這時，盧卡斯忽然掙脫痛苦女妖的鉗制，直接張開雙手做出向上迎接的姿勢。這是安妮故意賣給他的破綻，等他開始反擊，安妮就假裝敗退帶著里維斯直接用傳送門逃跑。

——反正他們的目的已經達成了。

然而看到盧卡斯那個姿勢，安妮忽然心底生出一種不祥的預感。

他雙眼放空，空中吟唱的咒詞逐漸變得空靈，空氣中瀰漫出讓人心驚的神聖氣息。

格瑞雅公主驚呼出聲：「您要召喚天使降臨！」

安妮眉毛一挑，「他一個人就能做到？我怎麼記得聖光會要請求天使降臨，最少也要三個主教級共同祈禱？」

格瑞雅公主似乎有一瞬間的恍惚，「是的，否則強行召喚，就必須獻上一切，包括生命。」

里維斯飛快地看了安妮一眼，安妮的表情也有點呆滯，完了，戲演得太真，搞砸了，這人拚命了。

聖潔的吟誦聲在小教堂內的每個角落響起來，盧卡斯轉動了一下眼珠，看向安妮，「妳現在逃也沒用了，我已經記住妳的氣息，天使會直接降臨在妳身邊。」

「你不怕死嗎？」安妮看著他。

盧卡斯高舉著雙手，神情莊嚴而肅穆，「我曾在神的注視下起誓，會永遠為光明而戰，這是我的榮耀，也是我的宿命。接受聖光的裁決吧，女巫！」

安妮眨了眨眼，有些頭痛地嘆了口氣，她忽然朝虛空中抓了一下，一扇厚重的黑色大門緩緩顯露，從它出現的那一瞬間起，所有人的靈魂跟著顫動了一下，周圍的溫度驟然降低，冥界傳來的陰冷和盧卡斯召喚的聖潔分庭抗禮。

盧卡斯的臉色變得凝重，有些動搖，「這、這是冥界之門！」

安妮沒有理會他，抽出一把匕首割破了手指，一滴血珠沒有落在地上，反而像受到牽引般飄向黑色的大門。那扇大門稍微動了動，似乎只要輕輕一推就能打開，盧卡斯不受控制地顫抖起來。

而隨著那一滴血珠被吸收，安妮看起來也瞬間虛弱了不少，皮膚蒼白得近乎透明。她掃了盧卡斯一眼，「如果你要召喚天使，那我就只能打開冥界的大門了。你應該知道，這扇門只要打開一點，整個小鎮都會不復存在。」

盧卡斯表情痛苦地握緊了拳，彷彿在做某種艱難的決定。

「您想跟我同歸於盡嗎？」安妮笑了笑，「也沒有那麼誇張，你結束儀式，我也結束儀式，就當這次我們打成平手，下次你可以找更多人來抓我。」

兩人各自手握殺器，互不退讓地對峙起來。

苦修士盧卡斯神色幾經變化，最後還是咬牙說：「妳先收起大門。」

「你在跟我講條件嗎？」安妮笑了，不怎麼在意地就要把門打開，「那還是一起死吧。」

「等等！」盧卡斯趕緊制止她，但張了幾次嘴，還是無法說出最後的決定。

他當然明白，最好的結果當然就是雙方都收手，然後等教會做好萬全準備再去抓捕這個該死的女巫。但他十分擔心，如果自己真的收手，但女巫卻依然不管不顧打開冥界的大門。

安妮看著他的表情，就知道他還在顧慮什麼。一旦有最好的可能性，有了活下去的希望，就算是心志堅定的苦修士，也會不由自主地想要活下去吧。

安妮催促他一句：「快點下決定吧，我都要手痠了。等我把手放下來，一切可都來不及了。」

格瑞雅公主焦急地看著兩個人，下定決心般開口：「盧卡斯閣下，請不要衝動，一切還有挽回的可能！」

安妮笑著點了點頭，「她說得對，你該慎重考慮。別擔心，我暫時還不想打開這扇門。如果非要打開，我也不會挑在這個窮鄉僻壤，怎麼也得到你們尊貴的教皇身邊去嘛。」

「哼，教皇一隻手就能鎮壓妳這種女巫！」盧卡斯下意識反駁了一句，但心裡還是稍微相信了一些。他略微瞇起眼睛，最後威脅般說道：「我能召喚一次天使，也能召喚第二次，妳最好別耍花招。」

他身上的光芒漸熄，安妮也沒什麼猶豫地讓冥界之門原地消失，隨後她飛快地打開一扇傳送門，帶著里維斯一頭鑽了進去。

看著他們的身影消失在原地，盧卡斯鬆了一口氣，而原本周圍散落在一地的骷髏們也不知何時消失了蹤影。

他終於抑制不住身體的顫抖，吐出一口血栽倒在地。

「苦修士閣下！」格瑞雅公主焦急地來到他身邊。

另一邊，安妮和里維斯出現在一處山坡上，這裡斜斜地插著一隻骨手，是安妮提前準備的傳送標幟。但安妮沒有就此停下，她帶著里維斯經過三次傳送，確認聖光會沒有追來，這才稍微放下心。

他們轉移到了某座森林的湖泊邊，看時間差不多是正午，陽光正盛，映得整個湖面像是一團光，安妮默默地往樹後的陰影裡站過去一點。

直到確認自己安全了，她才終於停下來，有些撐不住表情地消化剛剛得到的那些情報。

里維斯看了她一眼，有些緊繃，他並不擅長安慰人。但此刻只有他在，他只能生硬地開口：「雖然出了一點意外，但是我們的目的都達到了。格瑞雅公主會把有叛徒的消息傳遞給王族，妳也找到了家人的消息……」

話說到這個，里維斯突然反應過來，安妮顯得情緒低落，多半就是因為家人的消息，於是半途又十分僵硬地轉移話題，「對了，妳要不要先吃點東西？」

安妮抬起頭看了他一眼，默默地坐到樹根上，「不用了，我不餓。」

里維斯臉色忽然有些奇怪，他自己已經是不死生物了，並沒有進食的需求，但安妮自從在小玫瑰……咳！喬妮家醒來之後也還沒有吃過東西。昨天傍晚到今天中午，已經有大半天了。

「妳該吃點東西了。」里維斯皺了皺眉，雖然這一路他們都十分急迫，但活人怎麼能不吃東西？

安妮抬起頭看了他一眼，妥協般地從斗篷的口袋裡翻出喬妮幫他們準備的乾糧，並小聲抗議著：「我用不著吃太多東西。」

里維斯微微點了點頭，他知道魔力會對人的身體造成一定的影響，就比如冰系法師的體溫會低於常人，風系法師會格外輕盈。想必暗系的魔力也會對亡靈法師造成一定影響，比如……更像一個屍體。

里維斯多看一眼安妮蒼白的臉色。

安妮從斗篷口袋裡拿出一塊麵包，居然又摸索著拿出來一小盒果醬，里維斯看著她內部縫著大大小小口袋的斗篷，忽然意識到這好像也是一件魔法道具，忍不住開口稱讚：「這是一件很有趣的斗篷。」

他不得不稍微多話一點，希望安妮能夠打起精神。

安妮取麵包的動作頓了頓，撕下一點麵包塞進嘴裡，隨後開口說：「這是里安娜做給我的。」

「……」里維斯的動作稍微有點僵硬，沒想到還是沒有避開這個話題。他索性沒有再試圖轉移，坐到她身邊，「是妳的家人嗎？」

「嗯。」安妮機械地嚼著麵包。

里維斯瞇起眼看著過分耀眼的湖面，「妳想好接下來要去哪裡了嗎？」

安妮有些迷茫地搖搖頭。

里維斯斟酌著詞句問她：「要跟我分享一下妳看到的家人情報嗎？我現在是妳的眷屬，告訴我也只相當於自言自語。」

安妮猶豫一下，開口說道：「南方的晴海部族有復活海妖的亡靈法師傳聞，他自稱流浪魔法師梅斯特。應該就是梅斯特本人，那個傢伙說過他行不改名坐不改姓。」

里維斯點了點頭，「南部大陸是個很有風情的地方，而且那裡部族林立，崇尚原始圖騰，聖光會和命運神殿的勢力都不是很強，有些地方甚至並不排斥亡靈法師，去那裡也不錯。」

安妮接著說：「還有，傳聞魔土有和魔族合作的亡靈女巫，有人說是年輕貌美的少女，也有人說是醜陋的老婆婆。我想……應該是媞絲和里安娜都在那裡，不過里安娜才不是什麼醜陋的老婆婆，她明明是和藹的老婆婆，只是年紀大了一點而已。」

里維斯稍微有點沉默，「魔土在西部的盡頭，接近深淵的地方，就在金獅國的邊界。那裡我倒是很熟悉，如果妳要去，我會是合格的嚮導。」

安妮沉默下來。

里維斯溫柔地看著她，放緩了語調，「還有嗎？」

安妮默默把身體蜷縮起來，抱住了雙腿，有些低落地開口：「還有……翡翠城蠱惑精靈墮落的亡靈法師，戈伯特，已經被處以極刑。」

里維斯沉默片刻，微微嘆氣，「對亡靈法師來說，死亡也是值得悲傷的事情嗎？」

安妮垂下眼，「沒有人會比亡靈法師更敬畏死亡，而且……死在教會手裡的亡靈法師，死後的靈會被封印，我得去找到他的封印地，讓他好好安眠。」

里維斯看向安妮，「翡翠城是精靈之城，他們不親近人類，只信仰自然之靈，聽說人類很難進去。不過，無論是亡靈法師還是王族，在精靈的眼裡都沒什麼區別。」

安妮點了點頭，看樣子還沒想好要去哪一邊。

里維斯想了想，又問她：「之前妳一直一個人隱居嗎?他們為什麼突然離開？」

安妮沉默片刻，就在里維斯以為她不會回答的時候，她語氣平靜地開口：「他們打算去毀滅這個世界。」

里維斯被這個答案嚇了一跳，下意識握緊了手裡的劍。他再次想起眼前這個少女，其實也是一個可怕的亡靈女巫，聯想到她之前面對苦修士時的表現，里維斯清楚地認識到，她相當強大。

兩人之間的氣氛詭異地僵持起來，里維斯低聲問她：「那妳呢？」

安妮知道他在問什麼，撐著下巴眼睛沒什麼焦距地看著湖面，「我出門之前，讓一枚金幣替我做了選擇。如果正面朝上，我就繼承他們的意志，當一名邪惡的亡靈女巫。如果反面朝上，我就只是悄悄地尋找他們的蹤跡，把他們帶回家。」

里維斯稍微鬆了口氣，「幸好是反面朝上。」

安妮歪頭看了他一眼，「沒有，是正面朝上。」

里維斯有些錯愕，「什麼？」

安妮微微地笑了，像個惡作劇成功的孩子，「這是梅斯特教我的，沒辦法做出決定的時候拋一枚金幣，當金幣落下的時候，無論答案是什麼，你的心裡就已經有了決定。」

里維斯有些無奈地搖了搖頭，「看來我應該慶幸的，是妳的決定。不過經過這次，恐怕妳也沒辦法偷偷行動了。」

「我也不知道我的選擇是不是對的。」安妮嘀咕了一句，「但我應該很快就要出名了，他們如果聽說我的傳聞，應該會想辦法來找我的。」

「……如果能來的話。」

雖然她努力做出一副高興的樣子，但還是看起來沒什麼精神。

里維斯覺得她這個狀態有些熟悉，擔憂地問：「妳又要沉睡了嗎？」

安妮有些不好意思地戴上兜帽，「抱歉，本來我還信誓旦旦地說，這次用不著休眠的。沒想到會動用到冥界之門，那一招確實很耗費精力。」

「那就睡吧。」里維斯溫柔地看著她，「沒想好去什麼地方也不要緊，先休息吧。別擔心，我會找一個安全的小鎮的。」

安妮的眼睛似乎有些睜不開了，但她還是嘀咕著：「我不想睡，如果現在睡著了，我一定會做噩夢的。」

里維斯伸手溫柔地揉了揉她的腦袋，「那就祝妳做個好夢，善良的女巫小姐。」

安妮似乎是想要笑一下，但她的笑意才帶出來一點，就忍不住閉上了眼睛。少女的呼吸逐漸平穩，里維斯熟練地抱起她，辨認方向，朝著最近的小鎮走去。

安妮睜開眼，在柔軟的床鋪上打一個滾。她意外地睡了一個好覺，還做了一個現在已經想不起來的好夢。

她懶洋洋地坐起來，打量著四周，這裡應該是旅店的房間，看樣子里維斯這次運氣不錯，找到願意讓他們住下的旅店。

不過里維斯並不在房間裡，安妮動了動手指感應到他就在門外，這才稍微放下心。她沒急著開門，好奇地在房間內到處翻看了一圈。

當她滿意地看夠了，安妮這才打開門，突然蹦出去跟門外的里維斯打了聲招呼：「哇嗚，嘿嘿，我醒啦！」

里維斯原本半坐在她的門前，聽到門後的動靜，轉頭的瞬間劍已經出鞘了一半。

安妮沉默地跟他對視兩秒，里維斯別開視線清了清喉嚨，有些不好意思地把劍收回去，「安妮小姐，請不要嚇我。」

「我只是打招呼的方式活潑了一點。」安妮嘀咕一句，也學著他的樣子在門口半坐下，忽然覺得他有點像大型犬類魔獸。

里維斯皺起眉頭看著她的姿勢，板起臉道：「安妮，妳的坐姿。」

「嗯？」安妮有點困惑。

里維斯的表情嚴肅，「妳穿著裙子呢，淑女不可以這麼坐著。」

「好吧。」安妮默默換了一種更淑女的坐姿，然後忽然反應過來，笑咪咪地撐著下巴看他，「里維斯閣下，你剛剛直接叫我安妮了。」

里維斯愣了一下，扭過頭說：「抱歉，是我失禮了。」

安妮笑咪咪地盯著他看，里維斯有些窘迫地換了話題，「咳，您想好去哪裡了嗎？」

「還沒有，不然我們來扔硬幣吧？」安妮撐著下巴看向樓下，大概是還沒到晚上，樓下喝酒的客人很少，而且也十分安靜。

安妮摸遍了口袋，總算找出來一枚金幣，她捏著那枚金幣認真考慮，「戈伯特叔叔可以再等一等，畢竟我們也還沒有進入精靈領地的好辦法，那就是金獅國和晴海部族二選一了。」

里維斯安靜地看著她，沒有提出異議。

安妮隨手拋飛那枚金幣，看著它在半空中旋轉，最後落在她的手心。安妮一把合上手掌。

里維斯看著她握著金幣的手，「是什麼？」

安妮沒打開看，隨手把金幣塞進某個口袋裡，「決定了，先去晴海部族。」

她站起來，注意到里維斯神色複雜地看著自己，想了想還是解釋了一下：「我是覺得在格瑞雅公主把你的消息傳回去之前，我們還是不要貿然去金獅國。而且聖光會在金獅國境內教堂也不少，他們完全可以在金獅國境埋伏我們，晴海部族那邊他們的勢力要小很多。」

里維斯點頭表示自己能夠理解，他猶豫一下還是開口：「我想說的是，妳放金幣的不是之前那個口袋。」

安妮愣了一下，不怎麼在意地揮了揮手，「沒事的，等要用的時候再找我就行了，反正都在我身上。」

里維斯皺起眉頭，「安妮，妳得好好規畫斗篷的使用空間，妳的那些魔法道具也隨便亂放嗎？戰鬥的時候可沒有時間讓妳這麼找。」

安妮有些頭痛地揉了揉太陽穴，小聲嘀咕：「好吧，之後我一定整理。里維斯，你怎麼跟里安娜奶奶一樣啊！」

里維斯繃緊著臉解釋：「這是……這也是貴族的禮儀。」

安妮對著他挑了挑眉毛，「貴族還會自己整理東西嗎？」

里維斯繼續辯解：「為所有可能發生的事做好萬全的準備，是貴族和騎士應有的精神！」

安妮憋著笑，「好吧、好吧，那我也努力學習一下貴族精神和騎士精神……」

她話說到一半，兩人同時轉頭看向樓下，安妮瞇起眼嗅了嗅，里維斯也警戒地握住了劍柄，「不對勁。樓下的客人一直在觀察我們，我們房間的兩邊也慢慢出現了人，我們被包圍了。」

安妮揉了揉鼻子，「這個我沒有注意到，但我注意到空氣中討厭的味道濃起來了。」

里維斯看了她一眼，低聲說：「先進房間。」

安妮點點頭，故意笑咪咪地挽住他的肩膀，讓附近的人聽見，「好啦，親愛的，我們先回房間吧。」

里維斯有些僵硬地被她挽著走進房門，安妮繼續用誇張而做作的語氣說：「喔，親愛的，你好像有點僵硬。」

里維斯神情緊繃，「屍體本來就是僵硬的。」

安妮低下頭偷笑，但也沒有拆穿他。進入房間後，兩人飛快對視一眼，同時奔向了窗口。

——安妮陷入沉睡的時候沒準備標幟，現在她想要臨時召喚骷髏，卻發現這裡和冥界的聯繫幾乎被切斷，看樣子對方準備充分，他們進入陷阱了。

里維斯抱著安妮從窗口跳下，這才發現街道上的平民們都消失了，只有各個教會的人嚴陣以待。里維斯匆匆掃了一眼，是以聖光會和命運神殿為首。

兩人沒有停留，毫不猶豫地拐進了一條小巷，而他們剛剛站的地方迅速被聖光術淹沒。

里維斯有些自責，「抱歉，是我疏忽了，這個小鎮沒有教堂，我以為足夠安全。」

安妮搖搖頭，「不是你的問題，是我們都低估他們對我的重視。在這麼短的時間內集結這麼多神職人員找上門來，看樣子是把我當成了相當危險的人物。」

里維斯略微點頭，「在金獅帝國，只有對付那些惡名昭彰的惡首才會讓平民避難。」

安妮有點鬱悶，矮身躲過身後的聖光術，「我也沒有做得那麼過火吧？之前就算是用亡靈軍隊進攻教堂，也沒有鬧出人命啊。」

里維斯一劍擊飛試圖偷襲的騎士的佩劍，然後右手發力將他狠狠摜到了牆上。身著盔甲的騎士沿著牆壁滑倒在地，兩人又拐進另一條小巷，里維斯這才回答：「除了危害性，應該也是考慮到妳的實力，能夠壓制苦修士，還能牽動冥界大門，足夠他們對妳打起十二分的重視了。不過，我總覺得聖光會和命運神殿，對付亡靈法師都十分過火。」

安妮嘀咕了一聲：「聽起來有點問題。」

他們正要從這裡跑出小巷，路口突然閃現一名身著盔甲的聖騎士，里維斯迅猛地劈出一劍，沒想到對方居然接了下來。

里維斯微微沉下臉，把安妮擋在自己身後，心裡不由有些焦急，如果在這裡被攔下，身後的追兵趕上，兩面夾擊可不妙。

身著盔甲的聖騎士看了他們一眼，忽然低聲問：「冰系法師？」

兩人俱是一愣，安妮臉色古怪，試探地回答了一句：「喬妮？」

聖騎士點了點頭，摘下頭部護具，露出一張和喬妮有七八分相像，但卻格外具有男子氣概的臉。

「我是弗雷。」他打量兩人一眼，轉身示意他們跟上，「跟我來。」

里維斯飛快地看了安妮一眼，安妮朝他點了點頭，兩人沉默地保持警戒跟在聖騎士身後。

弗雷顯然對這個小鎮十分了解，帶著他們穿過小巷，避開追兵到達小鎮邊界。然而兩人卻格外緊繃起來，如果他要動手，也就是這個時候了。

弗雷伸手摸了摸面前的空氣，安妮瞇起眼，似乎看見金色的光芒一閃而過。弗雷從胸前取下命運神殿的徽章，金色光芒潮水般退去，他率先通過這個大門，對兩人點了點頭。

里維斯看了安妮一眼，在她前面通過，什麼也沒有發生。這下子他才稍微放心，看著安妮也走了出來。

弗雷沉聲道：「現在，妳可以趕緊離開了，聖光會布下的聖光盾邊界就在這裡。那顆輝光之珠已經沒用了，妳身邊的暗系魔力太強大，如果不是聖物級的光明系道具，是沒有辦法長時間經受暗魔力的侵蝕的。」

安妮愣了一下，從斗篷裡翻找那顆輝光之珠，里維斯看不下去地伸出手提醒她。

「你記性真好。」安妮由衷地感嘆，那顆輝光之珠果然已經被浸潤成微微的黑色，只有外圍還頑強地閃爍著點銀白色的輝光。

弗雷看了看身後，「快離開吧，妳應該可以使用傳送了。」

安妮看向他，「你好像對我很了解。」

弗雷如實回答：「聖光會在聯合我們作戰前，主動分享所有和妳有關的情報。」

安妮點點頭，伸手打開傳送門，只不過在跨進去之前，她看向弗雷，「喬妮沒事吧？」

弗雷沉默了片刻，隨後還是回答：「她因為堅持說亡靈女巫救了她，被教會軟禁了起來，他們懷疑她已經被女巫蠱惑。如果不是我及時趕回來，她差點就要被送進裁判所。

「我告訴教會，是亡靈女巫驅使禁忌鍊金術士殺害那些少女，喬妮受到短暫的蒙蔽，已經清醒過來。她現在已經沒事了，只是她大概是對我這個哥哥很失望，再也沒有跟我說過話。

「今後如果妳聽到有關妳殺害少女的傳聞，請不要怨恨喬妮，是我說的。」

里維斯沉下臉，「你知道那不是她做的。」

弗雷垂下眼，「是。所以你們可以把這次幫助當做是我的賠罪，之後如果有機會，我還會幫你們一次，當做是對你們救了喬妮的感謝。」

里維斯還想再說什麼，安妮攔住他，「我記性不太好，如果拖太久，可能我就不記得了，不如現在就履行吧？」

弗雷看向她，「妳想要什麼。」

Getaway Guide for Necromancer

CHAPTER 5

【進階的代價】

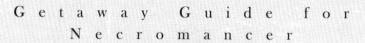

「一個問題。」安妮站在傳送門邊看著他，「因為屬性關係，聖光會自誕生起就天然仇視亡靈法師，這我不覺得奇怪。我想知道的是，為什麼從一百年前起，許多亡靈法師的追捕行動裡，都有命運神殿的影子。」

里維斯皺起眉頭，以前沒有考慮過這些，現在回想起自己知道的著名亡靈法師追捕事件，確實大部分都有命運神殿的參與。如果真的如安妮所說，這是從一百年前開始的，那麼，一百年前命運神殿一定有什麼問題。

弗雷有些意外，「妳居然知道這些。」

安妮微微笑了笑，「我們亡靈法師也有自己獲得情報的途徑嘛，你既然已經是身分尊貴的聖騎士了，有些事情應該會知道一點吧？」

弗雷略微思考後坦然說道：「我只告訴妳我知道的部分。因為百年前命運神降下了一個，名為『七大災』的預言神諭。我只是偏僻教堂的聖騎士而已，在主教堂裡還算不上大人物，我不知道預言的具體內容，只是根據這麼些年教會的做法，可以推測預言應該和亡靈法師有關。」

「七大災……」安妮低聲念著這個詞，「知道了，剩下的我自己會去查的。」

弗雷補充了一點，但語氣不是很確定，「還有一點推測，那個預言也可能跟南部大陸的海妖有關。」

此話一出，安妮和里維斯飛快地對視一眼，險些以為他們打算前往南部大陸的計畫暴露了。但他們臉上沒有表現出來，安妮微微點頭。

實際上她心裡稍微有點不安，她知道命運神殿信仰命運，他們的主神偶爾會降下大多數都是故弄玄虛的神諭。難道，自從她離開黑塔，已經走上了命運神預言的道路嗎？

安妮假裝不在意地笑了笑，「知道了，我會找知道『七大災』的人打聽些情報的。」

弗雷飛快地回頭看了一眼，「有人來了，女巫，妳該離開了。下次見面，我們就是敵人。」

安妮也沒有浪費時間，跨進傳送門，微笑著說：「下次見面，說不定就是我抓住你了，聖騎士先生。他們過來了，你該做點樣子，攻擊我們。」

弗雷沒有推拒，沉聲道：「聖光寄宿吾劍！」

掄動綻放耀眼光芒的聖劍劈下，看架勢是要把那扇傳送門連同安妮一劍兩斷，但還是稍微慢了一步，他們消失在原地。

身後的同伴匆匆趕來，「弗雷閣下！」

弗雷面無表情地收回劍，皺起眉頭，「逃走了。」

同伴們沒什麼懷疑，憤憤開口：「真是狡猾的女巫！」

「回去稟告大主教吧。」弗雷眼中閃過一絲愧疚，隨後還是站起來，低聲祈禱，「一切都是命運的饋贈。」

幾個同伴也跟著他低聲吟誦：「一切都是命運的饋贈。」

另一邊，剛剛從傳送門出來的安妮，抬頭辨認著方向，「要往南邊去的話，得朝這邊走吧？用傳送雖然會快很多，但有引來教會的風險，我得想想怎麼出發。」

里維斯看起來似乎在考慮著什麼。

安妮回頭叫他：「里維斯？你在想什麼？」

里維斯回過神，深深看了她一眼，下定決心般問：「我想問問，亡靈的進階儀式，需要做些什麼。」

安妮愣了一下，似乎明白了他在想什麼。她如實告訴他：「你不需要做什麼，只要站在法陣中心，等我獻上一個骯髒的靈魂，你就會感受到暗系魔力在你身上凝聚，之後你就會擁有一具能夠自癒的身體，還有一些暗系法術的知識。」

里維斯點了點頭，「聽起來可以承受，安妮小姐，我……」

「你為什麼想要進階呢？」安妮打斷了他，「我想知道你的理由。」

里維斯略微沉默後抬起眼，「那名聖騎士讓我覺得很危險。我有一種感覺，如果是我活著的時候，他未必是我的對手，但現在……剛變成不死生物時，我並沒有察覺，但是經過幾次戰鬥，我逐漸發現我的身體並不如活著的時候靈活，就像是……屍體那樣艱澀。

「這樣下去，我不但幫不上妳的忙，還會扯妳的後腿。妳完成了對我的承諾，幫我傳遞消息，我也得完成我的承諾，幫上妳的忙。」

然後，里維斯又說：「……我得變強。」

「真是溫柔的騎士。」安妮微笑地注視著他，「但我希望你知道，你感受到的艱澀，既是亡者和生者的鴻溝，也是死亡的誘惑。」

「誘惑？」里維斯有些不解。

安妮嚴肅地看著他，「第一次進階，你會擁有能夠自癒、行動自如的身體，第二次進階你會擁有石巨人般堅硬、恢復了觸感及味覺的身體，第三次也是最終的進階，你會重新擁有宛如活人的身體，你會流血，也會流淚，你的每個器官都能重新運作，但又擁有人類遠不能比的身體素質，看起來就像是完美的永生者。

「但你要知道，第一次進階之後的每次進階，你都要付出比自己生命更重的代價，一次比一次沉重。」

安妮描繪的進階讓里維斯聽得心潮澎湃，然而最後一句就像是一盆冷水當頭澆下，里維斯抿緊了唇，「什麼樣的代價？」

安妮搖了搖頭，「沒有定論，但進階的本質就是獻祭。根據我的家人留下的文獻記載，有人嘗試獻祭了一座城的生命，也有人獻祭了自己心愛的家人，還有人獻出了自己的人性。

「所有成功的例子，無一例外，他們都變成了真正最強的不死者，在他們的驅使者死去之後，他們會回到冥界。如果打開冥界之門，這些毫無理智、沒有驅使者約束的亡靈就會被放出來。

「這也是當時盧卡斯對冥界之門那麼忌憚的原因，誰都不知道積年累月之下，那扇門後面關著多少可怕的怪物。」

里維斯微微點了點頭，想起了自己聽到的傳聞，「我之前得到的情報裡，都說亡靈法師召喚的不死生物，是毫無神志但可怕的怪物。」

兩人朝著南方走去，安妮開口：「會變成那樣，大概有兩種情況。第一種是如果靈魂已經回歸冥界，在沒有靈魂的情況下轉換的不死生物，就是沒有神志的。第二種就比較殘忍，轉換的同時獻祭他的靈魂，會得到更強但毫無理智的不死生物。」

里維斯明白了她的意思，「變強會有代價，會需要獻祭……」

安妮在原地站定，認真地看著他，「那麼你想好了嗎？確定要進階？」

里維斯直視她的眼睛，「我承諾過，在不違背騎士精神的前提下，盡力幫助您。我相信自己眼睛看到的一切，您是一位善良的女巫，我對您的人品已無疑慮。」

安妮似乎還有點不好意思，「也、也不用這麼一本正經的……」

里維斯微微地笑了，藍寶石般的眼睛溫柔而堅定，他虔誠地低下頭，在她面前單膝跪下。

「以里維斯．萊恩之名，以獅心騎士之名，為您效忠，女巫小姐。」

安妮神情緊繃，有些不知所措，「我現在應該說些什麼？扶你起來嗎？」

里維斯笑了笑，「如果妳覺得不好意思，可以直接進行進階儀式了。」

安妮小聲嘀咕：「如果可以的話，希望你只進階這一次就夠了。」

黑鐵聯盟前往南部大陸的小道上，一支商隊慢慢地行進著，安妮和里維斯坐在裝滿貨物的馬車邊上，有一搭沒一搭地和趕車的馬夫聊著南部大陸的風情。

這位馬夫非常健談，一身皮膚晒得黝黑，笑起來露出一口燦爛的白牙，隨手從車上的箱子裡拿出一顆果子，在衣服上擦了擦丟給安妮，「南部大陸的土著們可野蠻了，有些地方甚至還吃生肉呢。據說很多部族都是古獸人的後裔，南方很多城鎮到現在都能看見亞獸人，你們要去可得小心點，別跟他們發生衝突，那些傢伙可排外了！」

安妮晃著腿，很感興趣地接話：「啊，我聽說過，亞獸人是有獸耳和尾巴的那種！」

馬夫哈哈大笑，「我的小姐，他們可沒有那麼可愛！還有野獸一樣的獠牙和四肢，只有軀體像人類而已。」

「這樣啊。」安妮若有所思地想像著什麼。

里維斯無奈地搖了搖頭，「血統純淨的亞獸人平時能夠在人形和獸化中轉換，不過他們把保留一部分獸形當做血統尊貴的象徵，所以平日還是以半人半獸形態出現居多。只有一些混血的亞獸人，很難控制自己身體的變化，性格也很容易有缺陷。」

馬夫讚許了一聲：「小哥你知道得很多嘛！不過現在外面可見不到什麼高貴的亞獸人了，他們都躲進了深山老林裡。人類城鎮裡的亞獸人，或多或少都混了人類的血統，長什麼樣的都有！」

里維斯點了點頭，「混血亞獸人確實很難克制自己的情緒，不過據說經過這麼多年的通婚，已經好很多了，至少不至於被人當成難以交流的怪物了。」

馬夫爽朗地笑了一聲，又拿了顆果子扔給里維斯，「看不出來啊，你年紀這麼輕，已經是一位很有經驗的冒險者了啊。」

里維斯接過那顆果子，有點不安，「這不是僱主讓我們運送的貨物嗎？就這麼吃？」

馬夫笑著搖頭，「放心吧，這都是允許的。只要不遇上山賊，他這一批貨物可不知道能賺多少呢！」

安妮忽然轉頭，看向道路兩側拱起的草堆，有點奇怪，「那些草都是死的。」

——像是別處搬過來堆在這裡的。

「啊？」馬夫不解地張望起來，「草還分死的活的啊？」

沒理會狀況外的馬夫，里維斯握住了劍柄，「有問題。」

馬夫還來不及招呼他們，里維斯已經衝了出去，一劍盪開草堆，露出了裡面埋伏著的山賊。安妮一挑眉毛，沒有跟著衝出去，站在原地以防他們直接仗著人多衝擊商隊。

商隊眾人驚慌失措，領頭的商人奮力招呼著所有人拿出武器反抗，「別愣著，保護貨物！都愣著幹什麼！」

也不知道是真的為了保護貨物，還是為自己的生命安全著想，商隊人員各個拿起了手邊勉強能稱之為「武器」的東西，就連馬夫都抽出了馬鞭嚴陣以待。

然而還不等他們鼓起勇氣衝上去，里維斯已經一劍一個把這群還沒反應過來的山賊們掀翻在地，看表情似乎還有些詫異，他們這麼弱是怎麼做山賊的。

商人大著膽子靠過來，討好地看了里維斯一眼，「這位了不起的劍士，您的劍術真是讓人……眼花撩亂！真是非常感謝您，他們是您的戰利品了，也許裡面有些人還有賞金呢！」

安妮好奇地湊過來問：「賞金？」

安妮並沒有顯露多少實力，但鑑於她是這位了不起的年輕劍士的同伴，謹慎的商人也對她保持極大的善意，帶著笑回答：「是的。這些山賊應該是有賞金的，您可以把他們交給傭兵協會或者冒險者協會，他們會替懸賞人預付賞金，不過肯定會有一部分抽成。如果不想被抽成，您也可以直接把他們帶去懸賞人那裡，不過，我建議您還是走協會比較好。」

這位商人說起跟錢有關的事就格外流利，侃侃而談。

安妮好奇地繼續追問下去：「那商人協會不能幫忙領賞嗎？」

商人愣了一下，隨後露出笑容，「當然也可以了，不過很少。如果我們這種商人都能抓什麼山賊，就沒必要僱傭冒險者了，哈哈。聘僱傭兵或冒險者，途中抓獲的山賊賞金歸冒險者，這是一貫的規矩。」

安妮點了點頭，看著里維斯協助其他人把山賊們捆起來，對商人說：「沒有賞金的山賊怎麼辦？」

商人看了她一眼，似乎有些猶豫要不要告訴她實話，但最終還是如實說：「在別的地方，會把他們送入大牢。不過這裡是南部大陸，大部分會把他們賣入奴隸市場。在這裡，奴隸制雖然不擺在明面上說，卻依然還是存在的。」

您也要當心一些，在某些地方，像您這樣的女孩子，也是相當受歡迎的。」

安妮愣了一下，隨後露出沒有陰霾的笑容，「好的，我會小心的。」

商人嘀咕了一聲，擦了擦額頭的汗，沒有再多說什麼。雖然她的同伴劍術超群，但在充滿風險的南部大陸，就算是很有實力的冒險者也很容易吃虧，希望這兩名年輕人能夠平安吧。

里維斯一直注意著安妮的談話，看到她問完情報走過來，主動出聲：「我們要把這些山賊送去協會嗎？會不會太冒險了。」

他們現在身上大概也有賞金，貿然去冒險者協會，總有種烤羊腿上門賣麵包的詭異感。

「我們可以變裝一下，順便打探一下這裡的冒險者協會有沒有我們的通緝令。」安妮掃了一眼那些山賊，也就七、八個人，人數並不算多。

里維斯有些困擾，「我……並沒有變裝的經驗。」

安妮失笑，也對，平日裡尊貴的王子殿下用不著掩藏身形。看著里維斯困惑的臉，安妮忽然起了逗逗他的心思，一本正經地清了清喉嚨，「換裝最主要的就是讓別人意料不到，我可以換男裝，偽裝成冰系法師學徒安。之後再去幫你買兩身裙子，你就是女劍士莉莉絲！」

里維斯面無表情，「……面對困難也是騎士的準則之一，我們就直接去協會打探吧。」

安妮偷偷地笑了，「我開玩笑的，別這麼緊張，實在不行，你還能去冥界待一段時間。」

商隊重整完畢，距離小鎮還有一段不短的路程，安妮和里維斯重新上了車。

只不過這回馬夫跟他們搭話就沒那麼隨意了，他有些不安地回頭看了幾眼，還是安妮率先打破了沉默，「怎麼了？是我們在不知道的時候，背後長出翅膀了嗎？」

馬夫笑了兩聲，總算稍微放鬆了點，他不好意思地抓了抓頭，「之前我還以為，是商隊貪便宜才僱了你們這麼年輕的冒險者，沒想到你們這麼厲害。」

安妮微微地笑了，「只有里維斯出手而已，我可還沒出手呢，你怎麼知道我也厲害啊？」

馬夫重新活絡起來，煞有其事地分析道：「同一支隊伍的冒險者，實力總不會相差太多的。」

安妮靠在車上笑了起來，其實馬夫猜得沒錯，這個商隊的領隊就是貪便宜才找了他們。安妮只是讓他看了一下凝成雪花的冰系法術，他就僱傭他們，甚至都沒看他們的冒險者協會證明。

也幸好他沒看，不然安妮也只好去找另外的商隊了，畢竟他們根本沒有這個證明。

馬夫好奇地看過來，打量著安妮，大著膽子問：「小姐，他是劍士，那妳是什麼職業呢？我看妳好像沒有帶武器。」

安妮熟門熟路地抬起手，讓自己手心凝結出一片小雪花，「我是一名法師學徒。」

她刻意控制了力量，讓自己的魔力看起來並不特別出色，然而馬夫還是肅然起敬，「原來是尊敬的法師閣下！」

看他的神色，居然比對著實力過人的里維斯還要尊敬。

安妮奇怪地眨了眨眼，有些不能理解。里維斯無奈地搖了搖頭，替她打圓場，「她一直在魔法塔裡跟著老師學習，還沒什麼經驗，不知道在外面法師是多麼珍貴。」

馬夫點了點頭，露出了恍然大悟的表情，隨後笑了起來，「怪不得我說妳有一種格外天真的……呃，怎麼說，氣質？對，就是這個詞！」

安妮好笑地歪了歪頭，故意不解地問：「但我看教會裡的法師很多啊？」

「小姐，這個妳就不懂了。」馬夫笑了，「教會裡的法師，是發誓全身心獻給神明的修行者，他們也不會跟冒險者一起合作。除此之外，一般人想要成為法師，就只有尋找老師，那昂貴的拜師費和材料費，一般家庭根本負擔不起。」

「成為法師的必要條件之一，是得識字，很多平民家庭的孩子一生都不會認幾個字。」里維斯替他補充，「對他們而言，成為騎士或者戰士，是更有前途的選擇。」

「沒錯、沒錯！」馬夫點了點頭，「不過就算你們是尊貴的法師和了不起的劍士，到了南部大陸也要當心，這裡有很多莫名其妙但約定俗成的規矩。」

里維斯略微皺了皺眉，他之前雖然來過南部大陸，但他是作為王子、作為獅心騎士團團長來的，知道的也只是禮儀相關的規矩。這些真正生活在這裡的三教九流間的規矩，他也沒機會接觸。

他看向馬夫，「那麼，您知道哪些呢？」

馬夫趕緊擺手，「不、不，不必對我這麼尊敬，劍士大人，我也不知道多少，不過你們可以去酒館和酒保聊聊。他們是每個地方知道最多祕密的人，只要付出足夠的金錢，他會幫你找到任何情報。」

安妮認真地聽著，考慮著他們到達城鎮之後接下來的行動。

到達南部大陸的約克小鎮之後，兩人告別商隊，牽著一隊山賊前往冒險者公會。

里維斯有些緊張，這裡距離黑鐵聯盟還不算遠，雖然這座小鎮沒有聖光會和命運神殿的教堂，但他還是覺得就這麼進入冒險者公會有點冒險。

里維斯皺起眉頭，內心在莉莉絲和里維斯之間掙扎，遲疑地喊了她一聲：「安妮，我們真的不要做點偽裝嗎？」

安妮停下腳步回過頭，里維斯猝不及防對上一張漆黑的臉。不是黝黑，是漆黑的臉，就像是用墨汁整整齊齊塗了一遍。

「……」里維斯險些拔劍砍了上去。

安妮笑了，一口白牙在一臉漆黑的映襯下幾乎發著光，「我已經做好偽裝了。」

里維斯嘆口氣，「安妮，我覺得這只會更引人注目，是不是太誇張了？」

「好吧。」安妮撇了撇嘴，伸手對著自己的臉拉扯了一下，里維斯看見那片黑色動了一下，似乎是被調整大小和位置，最終只蓋住安妮右上角的小半張臉，看起來雖然依然可怖，但也只會讓人聯想到胎記。

里維斯點了點頭，若有所思，「這是契約？」

他記得他和安妮剛剛遇見的時候，她給他看過他的契約紋章，是一把黑色的劍，沒想到還能有這種用法。

安妮點了點頭，隨口說：「嗯，這是一條骨龍的契約。」

里維斯腳步有些搖晃，險些把自己絆一跤，他不可置信地瞪大了眼睛，有些結結巴巴地說：「是、是那種傳說中的生物嗎？」

「嗯，骨龍還有別的含義嗎？」安妮眨了眨眼，似乎不太明白他為什麼動搖。

大概是里維斯的表情太過詭異，安妮開口解釋了一下：「這個平時也沒辦法使用，這傢伙脾氣太壞了，出來一次不吃掉幾座城鎮的人是不肯回去的，也就只能當面具用用了。」

里維斯微微嘆了口氣，像是自言自語般嘀咕一句：「那這麼說，好歹我不吃人，還是能幫上點忙的對吧？」

「能幫上很多忙。」安妮安慰般用力拍了拍他的肩膀，忽然露出燦爛的笑臉，「如果你願意當莉莉絲。」

里維斯板起臉，「安妮小姐，騎士是不會穿裙子的！」

安妮也學著他板起臉，「里維斯，在人類學會做褲子之前，所有人都是穿裙子的！」

里維斯愕然發現，自己在鬥嘴方面，居然完全不是她的對手，一時間有些挫敗，只能咬牙抗議：「安妮小姐！」

安妮露出笑臉，「好嘛，別生氣呀，我只是開個玩笑，不會真的逼你穿裙子的。不過里維斯擁有這樣的美貌，穿上裙子也一定……」

里維斯有些惱怒，「安妮小姐，我們萊恩家族最討厭被別人開外貌相關的玩笑！」

「啊？」安妮瞪大了眼睛，「難道這樣的美貌，咳，我是說這樣的外貌是整個家族都有的嗎？」

如果是平常聽到這種話，里維斯一定會生氣的，但是看著安妮不帶惡意的眼睛，他又沒辦法發火，只能有些彆扭地說：「我們家族確實因為外貌的緣故，很容易讓人輕視，但實際上我們每一位都是了不起的戰士！」

「是的，我相信。」安妮嚴肅地點頭附和，有點好奇地問，「里維斯的家族是什麼樣的家族啊？」

她不由得想像金獅國王室一起出行的時候，會是一幅怎樣的場景，每個人的美貌都閃閃發光的話，會讓人猶豫到底該看誰的吧？

里維斯看了她一眼，確認她是真的感興趣才接著往下說：「我的家人除了父親母親，還有兩個哥哥和一個妹妹。雖然是王室，但平常也只是跟普通的一家人一樣。

「大哥格林身體不太好，只能從政治方面用功，因此經常被父親斥責為書呆子。他確實是一位有些恪守成規的人，但他比誰都明白自己應該承擔的責任，我很肯定他會成為一個好國王。

「二哥菲爾特，他在政治和劍術方面的天賦都很出色，原本父親是要讓他成為獅心騎士團的團長的，只是……他實在是一名生性自由的人，號稱自己遲早要做一位遊吟詩人，不願意被這些職位束縛了腳步。」

安妮險些笑出聲來，「看來即使是王室，也會有無法讓人安心的孩子。」

里維斯的神色有些無奈，「是的，所以獅心騎士團的團長只能由我來接任，我不在了，恐怕二哥也沒辦法過他想要的遊吟詩人生活了。」

安妮還來不及安慰他，里維斯很快便帶過這個話題。

「還有我的妹妹，尤莉卡。她是一名天賦出眾的火系法師，脾氣也十分火爆，小時候還喜歡偷偷跟著我們上格鬥課。儘管父親覺得身為公主的她不需要精通格鬥，但還是對她出眾的天賦感到十分驕傲。雖然她偶爾會很胡鬧，讓人操心，但本質是一名善良的好孩子。」

安妮看著他微微露出笑意的側臉，低聲問：「你會擔心他們嗎？那裡還有叛徒在，不想回去看看嗎？」

里維斯緩緩搖了搖頭，「不，只要格瑞雅公主把我的消息傳遞回去，那就沒有什麼可擔心的了，我相信他們能夠對抗一切困難。他們是我敬愛的家人，也是金獅帝國值得依靠的守護者，我相信他們沒問題的。」

他神情篤定，湛藍的眼睛裡彷彿有光芒閃爍，安妮忍不住被他的情緒感染，也跟著露出溫和的笑意，接著她就嘆了口氣，「唉，我就沒辦法那麼放心了，畢竟我的家人大多是些……喜歡胡作非為的傢伙。聖光會的那些記載裡，有不少都是胡說八道的，但有一條——『亡靈法師都是脾氣古怪的傢伙』，至少這一條是對的。」

里維斯認真地聽她抱怨梅斯特喜歡拈花惹草，媞絲明明長了一張可愛的臉、說起話來卻格外嚇人，里安娜會讓骷髏扮演她的孫子，戈伯特總是偷偷去看自己的後裔卻不敢跟他們說話。

兩人走在瀰漫著奇異香味的南部大陸街道上，伴隨著炙熱的陽光和不歇的蟲鳴，這樣平和的下午幾乎讓里維斯生出一種錯覺——他沒有死，安妮也不是被追捕的亡靈女巫，他們只是在這樣陽光明媚的午後，一起在南部大陸的小鎮上散步，順便聊聊各自無法讓人放心的家人們。

里維斯側頭注視著安妮，沒有意識到自己的眼神有多專注。

然而他們身後被捆成一長串的山賊見他們放鬆警惕，忽然暴起發難，狠狠朝著安妮撞過去。

剛剛還表情溫和的里維斯猛地回頭，一把扯住山賊的衣領，拳頭砸在他的腹部發出一聲結實地悶響，似乎還有什麼折斷的脆聲。

里維斯面無表情地想，和平的錯覺消失了。

安妮聽到動靜，回過神眨了眨眼，「啊，他的骨頭好像斷了。」

里維斯看了看自己的拳頭，略微低下頭，「抱歉，我稍微有點遷怒。」

安妮有些好奇這是什麼意思，但里維斯卻沒打算多說。他看向綁在同一條繩子上的其他山賊，他們受到同伴的牽連拉扯，此時東倒西歪躺了一地，察覺到里維斯的視線，立刻畏懼地爬起來。

里維斯冷漠地指了指挨打的那個山賊，「扛上他，老實跟在後面。」幾個山賊立刻搶著去扛起同伴，似乎想要爭相表現自己的聽話懂事，有人小聲求饒：「放了我們吧，冒險者大人，我們再也不敢了。」

有人起了頭，其他人立刻跟上，「對啊，大人，我還有老婆孩子呢！」

「呸，你就是一個光棍，你有個屁的老婆孩子！別聽他放屁，勇者大人，我還有個年邁的母親，如果沒有我……」

「呸，你從小在貧民窟長大的，你都不知道你是從哪個娘們肚子裡出來的！」

安妮饒有興趣地看著他們吵吵鬧鬧，有一名山賊忽然眼睛一轉，諂媚地笑著試圖靠近，被里維斯面無表情地用劍鞘頂了回去。

山賊立刻站在原地示意自己聽話極了，「尊敬的冒險者大人，我願意成為你們的僕人！兩位是第一次來南部大陸吧？我對這裡很熟悉，我可以當你們的嚮導、當……」

「閉嘴。」里維斯皺起眉頭，所有山賊立刻默不作聲。

安妮倒是摸著下巴，露出了燦爛的笑臉，「啊，你的意思是你想加入我們？我聽說四個人就可以在冒險者協會註冊冒險小隊了。」

所有山賊眼中都燃起希望，下意識挺直了胸膛等待安妮的挑選，安妮話鋒一轉：「不過，要加入我們得變成死人，畢竟我是一名……」

「咳。」里維斯清了清喉嚨打斷她。

安妮頓了一下，把「亡靈女巫」吞回肚子裡，「一名冷酷無情的殘忍法師。」

在場的山賊都縮了縮脖子，小心翼翼地互相看了看，看起來有些動搖。

里維斯搖了搖頭，繼續帶著他們前往冒險者公會。

這裡的冒險者公會跟其他城市的也不太一樣，看起來處處透露著隨性，彷彿像是一個臨時辦事處。

安妮笑咪咪地走到站在櫃檯內、戴著小巧眼鏡的女士那裡，「您好，我想委託協會幫忙領取山賊的賞金。」

眼鏡女士看了她一眼，里維斯的手已經悄悄地搭上劍柄，如果她有什麼異樣，他會立刻敲碎櫃檯帶著安妮逃走。

眼鏡女士只是打量他們一眼，朝他們伸出手，「看樣子是生面孔，才剛來約克鎮嗎？給我看看你們的冒險者證明。」

安妮露出不好意思的笑容，「咳，那個，掉啦！」

眼鏡女士的動作頓了頓，無言地看向安妮。

里維斯簡直想捂住眼睛，誰知道眼鏡女士看了他們片刻，居然問：「要補辦嗎？五銀幣一枚。」

安妮似乎也沒想到這麼容易就糊弄過去了，有些茫然地看向里維斯。里維斯沉默了幾秒，默默從口袋裡掏出了一枚金幣。

眼鏡女士收下了金幣，笑了一聲，「證明只要一銀幣，剩下的是說謊的代價。」

安妮無語了。

眼鏡女士推了推眼鏡，「你們之前不是冒險者吧？呵，想要註冊的話，只要給錢和不是通緝犯就行了，沒必要說謊。」

安妮和里維斯對視一眼，心想也許還是有必要的。

安妮接過她遞過來的徽章，好奇地翻看一下，「就這個？那別人搶一個不就行了。」

眼鏡女士冷靜地點點頭，「確實行的。好了，哪幾個是有賞金的？」

安妮回過頭，「有賞金的朋友往前一步。」

所有山賊都站在原地沒動，里維斯皺了皺眉正打算武力威脅，眼鏡女士轉頭朝裡面喊了一聲：「老約翰，出來認人！」

一名拿著巨大菸斗、頭髮灰白的老年人從後面鑽了出來，安妮注意到他有一雙金色的眼睛。

老約翰拿著菸斗，隨意掃了掃他們一眼，從鼻子裡哼了一聲，帶出一圈煙霧，「一個值錢的都沒有。」

「啊？」安妮不可置信地瞪大了眼睛。

Getaway Guide for Necromancer

CHAPTER 6

【老約翰】

安妮沉重地回頭看了山賊們一眼，不可置信地又問了一遍：「真的一個能換賞金的都沒有？」

老約翰冷哼一聲，「小姐，我這雙眼睛可不會被騙，如果我見過他們的畫像，無論是喝了女巫的變形藥水，還是用了什麼化妝術，我都能看穿他們本來的樣子！」

他說這句話的時候刻意盯著安妮，似乎是想看看這個小丫頭有沒有藏著什麼貓膩。可當他看見安妮臉上的那塊黑色胎記，忽然汗毛直立，眼瞳飛快地顫動，就像被什麼極為可怕的生物盯上一樣。

他猛地別開視線，身形搖晃地撐了一下櫃檯。

里維斯原本還擔憂著他會不會看破安妮的偽裝，但對方突然一副受到攻擊的樣子，讓他頗為意外。

但很快他就反應過來，畢竟那是傳說生物骨龍的契約紋章，應該沒那麼容易就被看穿，里維斯稍微放下心。

眼鏡女士奇怪地看了老約翰一眼，「你怎麼了？」

老約翰尷尬地笑了笑，沒有說出安妮的異樣，只是抓了抓頭，「沒什麼，可能是我昨晚喝多了烈酒，畢竟上了年紀了。」

眼鏡女士板起臉，「我早就說過，你再喝下去遲早要出事的！」

老約翰抓了抓頭，嘀咕著：「知道了，年輕小女孩怎麼一天到晚只會說些不討人喜歡的話。行了，你們沒什麼事就快點走吧。」

他似乎是催促著兩人趕快離開，眼鏡女士皺起眉頭，「他們還沒有進行必要的調查。」

老約翰聳聳肩，「我都看過了，沒問題的。」

兩人對視一眼，看樣子都察覺了老約翰的古怪。安妮露出笑臉，故意開口問：「啊，真的沒有我的通緝令嗎？」

眼鏡女士臉色古怪地看了她一眼，老約翰撐在櫃檯上的手瞬間握成了拳，他故作鎮定地別開視線，搶先回答：「小女孩，妳在跟我開玩笑嗎？沒什麼事就快點離開吧，把妳帶來的那群沒用的傢伙處理一下。」

他聽起來簡直就像是迫不及待地要趕他們走，安妮有些奇怪地瞥了他一眼，但也沒有多問，就這樣和里維斯離開了這裡。

他們走出冒險者協會後，老約翰才重重地鬆了口氣。

眼鏡女士皺著眉頭看他，「老約翰，你真的不要緊嗎？你的臉色看起來很不好。」

「我沒問題。」老約翰擺了擺手，又故意揉了揉太陽穴，「唉，算了，我去街上買個藥劑喝吧。」

眼鏡女士主動說：「我去幫你買吧。」

老約翰伸了伸懶腰，朝門外走去，「拜託，妳聽不出我的意圖嗎？我也想趁機出去放放風，整天困在這個櫃檯裡，可把我憋壞了。」

眼鏡女士看著他走出去，略有些擔憂地皺了皺眉頭。

冒險者協會門外，安妮有些發愁地看著這一串山賊，「這可怎麼辦啊？」

山賊們你看看我，我看看你，最後推出來一人交涉。

「尊敬的法師大人，我們沒有賞金也是因為……我們今天才第一次幹，以前可真的沒做過壞事！」

里維斯盯著他們，臉上寫著不信。

出頭的山賊苦著臉，「是真的，我們都是住在貧民窟的。大家以前都是靠著在那些貴族老爺家裡做工討生活，但這種工作也不是每次都能搶到。而且，最近貧民窟總有人消失，被抓去賣給奴隸販子，據說被抓走的都是沒有工作的人。」

安妮臉色古怪地看了里維斯一眼，「奴隸販子怎麼會知道誰是無業遊民？」

幾個山賊苦著臉搖了搖頭，「我、我們也不知道啊，我們實在沒有辦法，又餓又怕，就打算去路上搶劫，我們沒打算傷人的，就搶一點吃的，或者錢！」

「搶？」里維斯對他們的實力存疑。

這幾個山賊的身手確實不怎麼樣，別說冒險者了，就算是有點力氣的普通人，都能把他們撂倒。

為首的那個不好意思地抓了抓頭，「其實是騙，我們是打算恐嚇他們，讓他們交出食物和錢，我們就不動手。兩位大人，我們以後絕對不做壞事了，請你們放了我們吧！別把我們賣給奴隸販子。」

他們看樣子是發自內心地恐懼著奴隸販子，里維斯不知道想到了什麼，忍不住皺了皺眉頭，看向安妮，「安妮小姐，既然他們犯了罪，那麼送去坐牢也是正常的，只是賣給奴隸販子……」

「我們也沒有那麼缺錢。」安妮理解了他的意思，「那就送進大牢？」

山賊們哀號起來，安妮瞇起眼睛，覺得十分有意思，「你們明明都做了壞事了，卻一點代價都不想承受嗎？那也太貪心啦，不然這樣吧，把你們的靈魂交給我，我會給你們下一個詛咒，每到月圓之夜你們就會受到無盡的痛苦，但不會死去。」

山賊們面面相覷，有人壯著膽子問：「那麼，法師大人，我們需要被詛咒多久呢？」

安妮撐著下巴想，「嗯……里維斯，他們這樣的罪一般要關多久啊？」

里維斯垂下眼，「南部大陸有許多部落都是靠通商致富的，因此搶劫是重罪，即使沒有成功，至少也要關二十年。而且他們似乎是生活在平民窟的人，據說法官會對貧民格外嚴苛，很有可能會關一輩子吧。」

安妮驚訝地瞪大眼睛，「這麼嚴重啊？我還以為我打算詛咒他們一年就很嚴苛了！」

里維斯微微笑了笑，「按照妳想的做就可以了。」

安妮微笑著看向他們，「想好了，選進大牢，還是被我詛咒？」

山賊們騷動了一陣，最後有人咬牙站到她的面前，「我願意接受詛咒！」

有人起了頭，他身後的山賊們陸陸續續地出聲附和，只有一開始襲擊安妮的那個山賊沒有說話。

安妮沒有廢話，故意讓他們看見黑色的幽魂鑽進他們的身體裡，在他們畏懼的目光裡降下詛咒：「敬告死亡，請您見證有罪之人的贖罪，期限一年。」

安妮想了想，提醒他們：「要解開詛咒，除了等一年之外，也可以找聖光會為你們袪除，不過我想最起碼也得要大主教才能做到。」

山賊們面露絕望，他們這種貧民，哪有機會讓大主教幫忙呢。

安妮露出笑臉，「另外，我聽說真誠的感謝含有信仰之力，可以有效緩解詛咒帶來的疼痛，也不知道是不是真的，你們可以試試。」

「你選擇大牢嗎？」里維斯看向那名曾經動手的山賊，他跟其他人不同，臉上有一條刀疤，看起來十分凶狠。

刀疤臉點了點頭，讓安妮有些意外。

忽然有山賊出聲：「對了，法師大人，我想起來了！一開始就是他慫恿大家去當山賊的，他也不是當地人，聽說是從別的地方逃過來的！」

刀疤臉啐了一聲，「一群沒種的東西！」

遣散了周圍的山賊，里維斯盯著他，「你選擇坐牢，是因為你很擅長逃跑。你覺得你有辦法從牢裡逃出來？」

刀疤臉的臉色微妙地變了一下，看樣子是被里維斯猜中了，他不回答，反而挑釁地對著安妮說：「怎麼，妳不敢去找治安官嗎？女巫。」

安妮眨了眨眼。

刀疤臉繼續冷笑，「我看得出來，妳用的是異教徒的魔法，妳不敢靠近那裡！」

安妮撲哧一聲笑出來，「好啦，用不著努力惹我生氣啦，就讓里維斯送你去治安官那裡好了。如果你能逃出來，那也是你的本事。」

里維斯有些疑惑地看向安妮，抓住了她話裡的關鍵字，「那妳？」

安妮回頭看向冒險者協會的側面，露出微笑，「有一位先生似乎很想和我聊聊。」

現場沉默了片刻，隨後老約翰從冒險者協會側面拐了出來，十分尊敬地向她行了一個禮，「是我失禮了，尊貴的法師大人。」

安妮點點頭，看向里維斯，「去吧，里維斯，不用擔心。」

里維斯掃了老約翰一眼，故意開口：「是，我從不懷疑您的強大。」

老約翰聽著他們的交流，低著頭不知道在想些什麼。

等里維斯帶著刀疤臉離開，安妮看向老約翰，「你找我有什麼事？」

老約翰露出謙卑的神色，「尊貴的法師大人，我並不是想要質問您，只是職責所在，我不得不請求您稍微透露一點，您來到這個小鎮，來到冒險者協會的原因。」

安妮有些困擾地歪了歪頭，「我只是普通的法師學徒。」

老約翰搖搖頭，不卑不亢地開口：「請別跟我開玩笑了，大人，我從您身上看到了……傳說中的存在的身影。我已經很久沒有見到您這樣的強者行走於大地，我懇請您給予啟示。」

——他看見了骨龍的影子？

安妮挑了挑眉毛，露出笑臉，「先生，您真的誤會了。您看到的身影，應該是給我們家族降下詛咒的那位的身影。」

「詛咒？」老約翰略微愣住。

安妮點點頭，眼神黯淡地撫摸著額角的黑色印記，「這是我們家族世代相傳的詛咒，為此我們已經隱居很多年了。我是偷偷從家族裡跑出來的，為了破解詛咒。你剛剛應該也看見我的魔法了，我對詛咒相當了解。」

老約翰下意識地相信她的說法，畢竟這個女孩實在是太年輕了，就算是協會裡隱匿的半神級別強者，也沒有像她這樣是十幾歲少女模樣的。老約翰有幸見過一次，那位老者看起來皺皺巴巴如同乾屍，不知道已經活多久了，但舉手投足就能毀天滅地。

如果她真的是少女模樣的那樣層次的強者，那就意味著她多半實力還在協會中的半神強者之上，那無論老約翰怎麼謹慎，都沒有辦法應對。

他臉色沉重地看著安妮，希望事情還沒到那麼嚴重的地步，恭敬而謹慎地開口：「如果要解除詛咒，找聖光會比較合適吧？他們天生擅長應付暗系法術。為什麼會來到聖光會勢力接觸不到的南部大陸呢？」

安妮笑了一聲，「像我這樣的人去找聖光會，你覺得他們是會派出三個以上的紅衣主教為我解除詛咒，還是會直接把我清除？我們家族在聖光會眼裡，應該跟亡靈法師沒什麼區別。」

安妮故意這麼說，這樣老約翰之後收到聖光會傳來的通緝令，就會有這個先入為主的觀念，當下會認為是聖光會搞錯了。畢竟聖光會對待亡靈法師相關的事件，一向是寧有錯殺不能放過的。

老約翰沉默了片刻，點了點頭，「確實，這是聖光會的一貫做法。但您還是沒有告訴我，您來到南部大陸打算做什麼，我想您應該不是漫無目的前來的。」

安妮知道他不會就這麼善罷甘休，明顯有所保留地告訴他：「我要尋找海妖。」

老約翰挑了挑眉，點點頭認可她的說法，「海上確實有關於海妖的傳言，據說迷失在風浪中的漁夫，落入海底後被海妖治癒了一切傷痛。他們相信海妖族內有一位祭司，能夠治癒一切疾病，甚至還有吃了海妖的血肉能夠長生不老這種說法。

「——不過，妳要找到他們可不容易。」

安妮奇怪地歪了歪頭，「我記得很多風物誌裡都有記載，南部大陸海岸線有海妖族群生活，而且他們能和人類交流。」

聽她這麼說，老約翰更加放心了一些，「看來您的家族確實已經隱居了很久，那些風物誌應該是以前的東西。很久之前，海妖一夜之間撤離了海岸線，據說是到無盡之海的深海處生活了。如果不是三不五時還有漁民傳出被海妖解救的傳言，我們恐怕還會懷疑，這個族群是遭受了什麼滅頂之災，一夜之間消失了。」

安妮心中搖擺一下，不知道該優先問梅斯特的事情，還是優先問具體的時間，最終她還是不打算那麼快暴露自己的目的，只是問：「是多少年前的事情呢？」

老約翰皺起眉頭，認真回憶著，「好像是……差不多一百年以前吧？」

一百年前，正好是弗雷口中「七大災」預言降下的時候，所以海妖一族，確實有可能也跟「七大災」有關。

安妮看著老約翰，有些惆悵，雖然她有很多問題想要問他，也知道他生活在這裡多半知道很多，但她不能就這麼暴露自己的真實目的。

於是她點了點頭，「我明白了。你應該也明白我到這裡的目的了，現在對我放心一點了嗎？」

老約翰猶豫地看了她一眼，有些遲疑地開口：「你們的詛咒，究竟是誰降下的？」

安妮沉默了，這她還沒有編好，如果直接說骨龍，會不會嚇到他？

考慮片刻後，她抬起頭，似乎略微有點生氣地瞇起眼，「先生，每個人都會有不能說的祕密。比如你的眼睛，也比如我的詛咒，你願意告訴我，你的眼睛是從哪裡來的嗎？」

老約翰含糊不清地說：「這是、這是神的恩賜。」

安妮冷笑了一聲，「我這是惡魔的贈予。」

兩人僵持片刻，老約翰無奈地退一步，「好吧，是我冒犯了。請您諒解，確保這座小鎮沒有滅頂之災也是我的職責。」

安妮拉上兜帽，轉身離開。她腦海中響起聲音，里維斯已經在冒險者協會前面等她了。

走到一半她忽然半側過身，「啊，對了，我跟你說這麼多，還希望你不要說出去。如果我在哪裡聽到有關我的傳言，我一定會回來報復的，要小心喔。」

老約翰的身體瞬間緊繃，他扯了扯嘴角，「……我不會向上面報告的，您不是衝著我們來的。」

安妮微笑著點了點頭，「你做得很對，如果一切順利，很快我就會離開這個小鎮。如果你做了點多餘的事情，我會讓你們永遠離開這個小鎮。」

她著重咬了咬「永遠」這個詞當做暗示，轉身走到里維斯身邊。

金髮藍眼的劍士站在冒險者協會前，還吸引了不少視線，就這麼朝他走過去的幾步路，安妮就看見幾波對他明裡暗裡打量的視線，其中以女性居多。

然而里維斯似乎完全沒有注意到，開口問：「怎麼樣？」

安妮的表情嚴肅，「認真撒了一點謊，不知道他會不會信，信了之後就算通緝令傳過來了，冒險者協會也不會太重視我們。你那裡怎麼樣？」

里維斯皺起眉頭，「我覺得有些奇怪。我把那個山賊送去治安官處，他們發覺原來他是曾經逃走的奴隸，居然慫恿我們把他帶去奴隸商人那裡。

「我當年來到這裡的時候，奴隸買賣雖然暗地裡沒有禁止，但從來不會擺到明面上來說，尤其不會從執法者嘴裡說出來。」

安妮搖了搖頭，「那就只能證明，情況不僅沒有好轉，反而更糟了。」

里維斯有些擔心地嘆了口氣，隨後不好意思地笑了，「抱歉，不由自主地就操心起來了，明明這些事現在已經跟我沒有關係了。」

「也不一定沒有關係。」安妮有些無奈地聳聳肩，「有的時候就算你不去找麻煩，麻煩也會來找你。」

她說這話的時候只是想裝一下深沉，沒想到街角衝出來一個孩子，撞了她一下以後，飛快地竄進了她身後的小巷裡。

原本憑里維斯的反應能力能夠輕易攔下他，但看到對方是個孩子的瞬間，里維斯下意識不敢用力，居然就這樣被人家逃了。

里維斯有些愕然，「小偷？」

安妮有些無奈地拉了拉兜帽，「瞧，我說什麼來著。我還以為我們剛剛教育了山賊做了好事，運氣會變好一點呢！看來神今天也沒有眷顧我們。」

她開玩笑似地說完這一句，身形輕盈地追了上去。

維克多一路狂奔，熟練地在小巷之間穿行，他看了一眼身後，沒有人追上來，得意地露出一個笑臉。

那些外來者可沒有他熟悉這裡的地形，只要得手了，就沒有那麼容易被抓到。也不知道她的口袋裡裝了些什麼。

維克多慢慢放緩了腳步，想要停下來先看一看自己的戰利品。

那是一個黑色的袋子，看起來並不華麗，維克多打開袋口的一瞬間，裡面伸出來一隻尖利骨手的爪子，還直接一把扣住了他的手腕。

維克多尖叫著想要甩掉它，害怕得險些跌坐在地，但有人從後面托了他一把。

安妮露出笑臉，「哎呀，嚇到你啦，小偷先生。這可真是太好了，希望您以後都能記得做壞事有風險。」

維克多尖叫著哭起來，「把它拿走、把它拿走！」

安妮有些困擾，「啊，但這是你自己選擇偷走它的，看樣子它還挺喜歡你的呢。」

維克多用力拉扯著手臂上的骨手，含糊不清地哭喊著什麼，安妮有些頭痛，半真半假地威脅道：「我看他哭起來可真有趣，我太喜歡會哭的小朋友了，里維斯，不然我們就把他帶走吧？」

維克多立刻止住了哭聲，嚇得打出一個嗝，「不、不，我不會哭！」

里維斯笑著搖搖頭，安妮對付小孩子似乎還挺有一套的。

安妮勾了勾手指，那隻骨手就自己爬進了她寬大的袖口裡。

她開口問：「你住在什麼地方？」

維克多不敢說謊，「貧民窟。」

「那裡能找到住的地方嗎？」得到維克多的肯定回答後，安妮又說，「那就幫我們找一個住的地方，晚點我們會去找你。」

「是！」維克多下意識答應，但又有些遲疑，「大人，貧民窟沒有什麼好的住所，都很破爛的。」

安妮不怎麼在意地站起來，「沒關係，只要能住就行。」

等到維克多離開，里維斯才開口：「妳的口袋裡為什麼會塞著一隻骨手？」

安妮笑了起來，「這傢伙是一個脾氣很壞的小壞蛋，因為之前老是跟別的骷髏打架，我就把他的一隻手拿下來作為懲罰。如果不是這場意外，讓骨手被翻了出來，我差點都要忘記這隻手了，這提醒了我，也差不多是時候還給它了。」

里維斯的表情有些奇怪，安妮的語氣聽起來就像是……講述自家寵物趣事的笨蛋主人一樣。

但里維斯要問的並不是這個，他表情嚴肅地開口：「雖然很有意思，但我想問的不是這個。安妮，妳答應我要整理口袋的，是不是還沒有做？」

安妮的笑容僵在了臉上。

在安妮舉手發誓，等等找到住所，一定在里維斯的監督下好好整理口袋之後，里維斯這才放過她。

安妮拉著他重新走上街道，語氣雀躍，「走吧，我們可以偽裝成觀光客，到處買點東西然後打聽一下海妖的消息，這些土生土長的小商販知道的一定不少。」

里維斯點了點頭，然而看著安妮不似作偽的歡快表情，忽然有點懷疑，她到底是想打探消息，還是真的想玩。

只要不走僻靜的小巷，南部大陸的街道上到處都是熱情的行腳商人，只要稍微走得慢一些，他們就會挑著貨物一路跟上來。

安妮對什麼都有興趣，先是看了看南部大陸聞名的香水，打開後被熏得打了一個噴嚏，立刻一臉嫌棄地放了回去。

香水商人並沒有氣餒，反而靠近了里維斯，低聲朝他擠眉弄眼，「這位小哥，如果想要跟那位小姐的關係更進一步的話，可以試試這瓶『夢幻戀情』喔！」

他充滿暗示的表情和包裝可疑的香水讓里維斯的表情瞬間僵硬，一把拉著安妮往另一邊走，「安妮，別靠近那裡，去其他地方。」

安妮被他拖到了一個水果攤前，笑了起來，「別擔心，里維斯，那種低劣的致幻劑對我不起作用的。」

如果不是里維斯早就沒有臉紅的能力，此時他可能已經滿臉通紅，他有些窘迫地別開視線，「妳聽到了？」

安妮有些得意地指著自己的耳朵，「我的聽力很好喔！」

里維斯板起臉，「這種話題，以後妳聽見了也該當做沒有聽見！」

「好吧、好吧！」安妮眼底帶笑，滿口答應。

最後，安妮買了一堆很有南部大陸風情的頭飾，還堅持給里維斯買了一條據說聞名南部大陸的美男子都喜歡的面巾。另外還有一些奇奇怪怪的小玩具，比如說搖一下會出現沙沙聲的小圓球、套在一起要用智慧解開的套環等等。

由於兩人出手闊綽，吸引不少商販的目光，也終於找到有他們想要的情報的人。

賣香料的商人神神祕祕地告訴他們：「兩位大人，海裡的海妖可不好找，而且就算找到了，海妖本身就相當強大，他們的歌聲能夠迷惑人心，在海裡還能呼風喚雨！不過……」

他看起來欲言又止，安妮瞭然地點點頭，指了指他擔子裡的一個盒子，「再給我來一點這個。」

香料商人立刻喜笑顏開，「不過您可以找已經被抓到的海妖啊，反正要尋找海妖的人，大多數也都是為了治病吧？我悄悄告訴您，黑市裡的奴隸商人那裡，有一條活著的海妖，只要付出足夠的金錢，就能買一塊肉或者一碗血，包治百病！」

里維斯忍不住皺了皺眉。安妮注意到他的表情變化，她道謝之後付出金幣，帶著里維斯離開了街道。

里維斯問她：「要去看看嗎？」

安妮搖搖頭，「不，奴隸販子不會讓我們跟海妖獨處的，如果要去，不如入夜以後我們悄悄去。現在，先去看看那個小朋友有沒有乖乖幫我們找好住處吧。」

兩人找到維克多的時候，他正眼巴巴地站在貧民窟和街道的交界處，看到兩人過來，有些害怕又鬆了口氣。

他一路小跑過來，看樣子有些緊張，「法師大人，我、我已經按您說的幫你們找好住處了，您、您不會詛咒我了吧？」

「詛咒？」安妮覺得有些奇怪，忽然目光一掃，看見牆角處趴著幾個熟面孔在偷看——啊，是之前被她詛咒的那伙山賊，之前他們確實說過他們生活在貧民窟。

安妮正要笑，里維斯已經回答道：「偷盜罪沒有搶劫罪嚴重。」

維克多鬆了口氣，露出真心的笑容，眼裡還帶上幾分崇敬，「請來這邊吧，大人，我已經打掃好房間了。」

這是一間極其簡陋的房間，能勉強稱之為擺設的，只有一把缺腿的矮腳凳。所幸屋頂還算健全，能遮風擋雨。

維克多緊張地開口：「貧民窟的房子，只、只有這樣的了……」

兩人都沒有挑剔，只是里維斯多問了一句：「這裡看起來似乎有人生活的痕跡。」

維克多小心地看了他們一眼，「這裡是我住的地方，算是貧民窟比較乾淨的了！」

安妮回過頭，「那你今晚住哪裡？」

維克多沒想到他們還會關心自己，有點不好意思地漲紅了臉，「我去熟人那裡將就一晚，貧民窟雖然沒有錢，但住的地方還是有的，我們這裡已經沒多少人了。」

里維斯皺起眉，「因為奴隸商人？」

維克多心有餘悸地點點頭。

兩人對視一眼，安妮露出笑臉，「我對住所很滿意，放心吧，我不會詛咒你的。」

維克多似乎放心了，體貼地幫他們把東西擺到桌子上。剛剛他就聞到袋子裡的香味了，但那是強大法師的東西，他告誡自己可千萬不要再有什麼壞念頭了。

安妮打開了袋子，掰下一塊餡餅遞給他，維克多瞬間瞪大了眼睛，有些不敢相信，「大人，我、我真的可以吃嗎？」

安妮晃了晃餡餅，「不是白給你的喔，我得問你一些問題。」

維克多反而放下心了，「請您先問吧，如果我能回答，我再吃。」

——倒是挺謹慎的嘛！

安妮點點頭，隨便問了他一些奴隸商人和他那裡的海妖的問題，維克多居然也聽說過奴隸商人那裡有海妖的傳聞，但是誰也沒有見過海妖的身影。

安妮好奇地撐著下巴，「都沒有見到是不是真的海妖，怎麼會有人願意買呢？」

維克多認真地解釋道：「能找到奴隸商人那裡的人，大部分都已經病入膏肓了，而且他開價也不算太高，總會有人想要賭一把的。而且他們賣之前也會提醒，吃了海妖的血肉並不能永生，但卻有強大的治癒效果，即使是不治之症，也能再多活幾年。」

里維斯不解地問：「那個奴隸商人，就這樣在這裡為所欲為？晴海部族的十三王不是應該已經官方禁止過奴隸交易了嗎？」

維克多奇怪地看他一眼，「搶劫和偷盜也禁止很多年了，但在南部大陸，這些事每天都在發生。而且，那個奴隸商人是個亞獸人，本身實力就很強大，而且據說……他背後有黑狼王約德。」

兩人對視一眼，安妮露出笑臉，把那塊餡餅遞給他，「很好，我很滿意，這是你的了。」

維克多離開之後，里維斯皺起眉，「晴海部族是很久之前，南部大陸的人類和亞獸人休戰後組成的聯合部落。十三王分別是三個純血亞獸人王、六個混血亞獸人王，以及四個人類王。黑狼王約德，是純血亞獸人王之一。

「如果是他主導的奴隸貿易，那麼我一點也不意外。我曾經見過這位王，他是一個相當自大的傢伙。而且大部分亞獸人天生崇尚弱肉強食，他們喜歡暴力，討厭耕種勞作，我記得當時在黑狼王的部落裡，曾經見過很多人類在工作。

「當時我還沒有細想，現在想想，也許那就是人類奴隸。」

「崇尚弱肉強食，那也意味著，只要能夠打贏他們，他們應該會很聽話。」安妮眨了眨眼睛，「你想救那些奴隸嗎？」

里維斯面露掙扎，「如果我還是金獅國的第三王子、獅心騎士團的團長，那麼我會毫不猶疑地介入奴隸事件。但我已經死了，我們還有很多麻煩。好不容易在南部大陸可以不用躲避追捕，尋找妳的家人蹤跡，如果得罪了黑狼王約德，恐怕我們又要再次逃亡了。」

安妮沒有開口，只是靜靜地聽他分析現狀。

里維斯抿緊了唇，「但是，安妮小姐，我還是想要救他們。」

聽到並不意外的答案，安妮露出笑臉，「好的。」

「我會一個人去，如果我沒有成功，妳就捨棄我……」里維斯考慮著戰略，忽然有些懷疑自己的耳朵，「什麼？」

安妮笑容不減，「我說，好的，別擔心，我會幫你的。」

里維斯茫然地瞪大了眼，不解地問：「可是，為什麼呢？」

安妮動作誇張地雙手捧心，「因為我是善良的女巫，不忍心見到王子殿下傷心。」

里維斯無奈地喊了她一句：「安妮。」

安妮低聲笑了起來，「我也許不是善良的女巫，但我一定是任性的女巫，我想做的事，只是因為我想做而已。而且，你看起來相當在意這件事。」

里維斯略微沉默後抬起頭，「大陸上傳言，金獅國的王族是魔獅的後裔，其實不是的。王族祕傳的記載裡，我們是奴隸的後裔。

「在那個傳說的年代，統治西方的是一位嗜血成性的暴君——蠻王卡薩。我們的祖先作為奴隸被扔進競技場，與魔獅決鬥，他拚死戰勝了魔獅，為了汲取力量，吞下了魔獅的心臟，然後帶著一身血汙躍上蠻王的王座，斬下了他的頭顱。

「作為奴隸，他甚至沒有姓名，人們認為是那顆心臟給了他力量，所以尊稱他為獅心皇帝。這個稱號一直流傳下來，每一任金獅國的王，都被稱為獅心皇帝。」里維斯看向安妮，神情肅穆，「每一個金獅王族都以自己的出身為傲，我們從不自詡高貴的血脈，我們崇尚無畏的勇氣和不屈的靈魂。

「我堅信沒有一個人該被作為奴隸踐踏。」

安妮撐著下巴看他，他溫柔的藍色眼睛堅定而無畏，有著名貴寶石也比不上的光芒，展現著他刻在骨子裡的溫柔和高貴。

安妮想，她當時停下來帶走他，也許也是被這雙眼睛所打動。

Getaway Guide for Necromancer

CHAPTER 7

【貧民窟消失案】

安妮伸了伸懶腰站起來，「好啦，天色也暗下來了，是亡靈女巫出場做壞事的好時候了，對吧？」

說著，她就朝著門外走去。

里維斯伸手攔住她，把她按回桌前，「在此之前，妳得先好好吃點東西。」

安妮垮下臉，「我不餓。」

里維斯面無表情，半點也不通融地看著她。

安妮沒有辦法，只能觸頭喪氣地把餡餅塞進嘴裡，含糊不清地說：「好吧、好吧，唔，這也太甜了。」

里維斯稍微笑了一下，他認真重新考慮了一遍計畫，「其實……我還是有點不安，就算我們救下這些奴隸，會不會也只是徒勞？也許很快他們就會再次被抓了起來，也許他們根本活不下去。」

安妮飛快嚥下餡餅，搖了搖頭，「這些事也不能全靠你一個人考慮吧？再怎麼說這也是他們自己的人生，總得自己出點力吧？我們只是要去點一把火，而這把火能在南部大陸燒出怎樣的結果，就不是我們能控制的了。」

里維斯失神地看了她片刻，忽然笑了一聲，「安妮，妳也許有成為帝王的天分。」

「我？」安妮臉色古怪地指了指自己。

里維斯似乎回憶起了什麼，神色有點黯然，「父親常批評我，說我太優柔寡斷，總是希望事情有完美的結局。他說，如果是我處在祖先的那種境遇下，我大概會顧慮身後的人，會顧慮暴君的遷怒，最後大概一輩子只能做點觸不及根本的反抗。

「他說我只能做一個正直的騎士，但無法做果決的君王。」

安妮笑咪咪地撐著下巴看他，「那你覺得這樣不好嗎？」

里維斯愣了一下，隨後搖搖頭，笑了起來，「不，雖然說起來有點不好意思，但其實每次父親批評我，我不會反駁，但內心依然覺得我做得並沒有錯。世界上有各式各樣的人，如果我適合做騎士，那我就做一個了不起的正直的騎士，反正君王還有我的哥哥在。」

安妮伸手揉了揉他柔軟的金髮，「你已經是一名正直而溫柔的騎士了，也相當了不起。」

里維斯有些不好意思地別開視線，「安妮小姐，請不要像對待小孩子那樣對待我。」

絕。

「那可不行，除非你也別像對待孩子那樣對待我。」安妮理直氣壯地拒

里維斯有些困惑，「我並沒有。」

「你有！」安妮掰著手指頭細數他的「罪行」，「你老是要我整理口袋，還逼我吃飯，還逼我睡覺……嗯？感覺到了嗎？里維斯，那邊有奇怪的魔力湧動。」

里維斯表情嚴肅地點頭，「進階之後，我也能感受到一些魔力了。雖然動靜不大，但貧民窟裡會有能引動魔力的人嗎？」

「去看看就知道了。」

里維斯回過神，安妮已經迫不及待地一個閃身離開了原地。

里維斯緊跟其後，忽然覺得，安妮喜歡參一腳各式各樣的麻煩事，會不會是因為她本身也挺喜歡湊熱鬧的？

安妮跟隨著躁動的魔力，一路來到了一間和貧民窟裡其他房屋也沒什麼區別的屋前，她瞇起眼嗅了嗅，沒有血腥味，看來事態還不算太糟。

身後里維斯也匆匆趕到，安妮還來不及向他打手勢示意安靜，里維斯就

已經沉著冷靜地一腳踹開屋門。

破舊小屋的木門砰的一聲被摔到牆上，然後喀的一聲裂開，斜砸在地面上，在揚起的灰塵中結束自己的光榮使命。

屋內的人整齊劃一地看過去，安妮瞇起眼，「一個風系法師，還有一個戰士，居然出現在貧民窟，這可真是稀奇。」

更稀奇的是，那個戰士一手提著一個昏死過去的人，而風系法師也用魔法讓兩個人漂浮在空中——看樣子這兩人就是最近貧民窟居民失蹤的凶手了。怪不得沒人發現，一位來無影去無蹤的風系法師和一名身手不凡的戰士，這樣的組合如果不是碰巧遇到安妮，確實足夠在貧民窟神不知鬼不覺地做任何事了。

長相有些刻薄的風系法師冷哼一聲，「妳又是什麼人？」

兩方人馬正在對峙，趴在桌子底下裝死的維克多突然一個箭步衝了出來，似乎是想撲過去抱住安妮的腿，安妮略微挪動一點位置，讓他撲了個空，她好奇地看過去，「咦？你怎麼也在這裡？」

對面的風系法師也同時出聲：「嗯？怎麼還有一個？」

維克多哆哆嗦嗦地躲到安妮身後，帶著哭腔哭訴：「我、我今天來這個熟人家擠擠。」

——然後他們就遭殃了。

安妮替他補充完後半句話，看他的眼神不由得帶上了點同情。這傢伙今天也太倒楣了，先是偷東西偷到亡靈女巫身上，接著又是借宿在了奴隸商人的目標家裡。

不，但是他每次都化險為夷了，也很難說到底是幸運還是不幸。

對面的戰士遮住面容，只露出一張鬍子亂糟糟的下巴，他提了提手上的兩個人，招呼同伴：「走吧。」

里維斯掃了他一眼，冷聲提醒道：「你兩手都提著人，可沒辦法攔下我的攻擊。」

「你打算阻止我們？」風系法師似乎完全沒想到他們會出手制止，饒有興趣地打量著他們，「你知道我們是什麼人嗎？」

里維斯沉聲回答：「風系法師和聖光戰士。」

兩人一愣，風系法師哈哈笑了起來，「我問的可不是這個！」

安妮點點頭附和：「對啊，他問的明顯是他們的背景嘛。這我們也知道喔，你們是幫奴隸商人幹活的吧？那位商人背後有黑狼王約德的傳聞我們也聽說了，請問那是真的嗎？」

大概是被她恭敬的措辭取悅了，風系法師倨傲地抬起下巴，「當然是真的，那位亞獸人就是狼族的！好了，識相的就讓開，否則妳就要吃苦頭了。」

安妮卻沒有讓開，她接著問：「我還聽說你們那裡有一隻真正的海妖，請問是真的嗎？」

鬍渣戰士往前一步，「別再多說了，我們該回去了。」

里維斯也往前一步，然而鬍渣戰士只看見里維斯邁出了一步，下一秒他的劍就已經劈到了他的眼前！

鬍渣戰士立刻扔掉手裡的兩個人，反應不算慢地用手裡的重劍抵抗，但他驚恐地發現對方似乎有著非人般的巨力，他毫無抵抗能力地被拋飛了出去。

他顧不上考慮其他，大喊一聲：「快撤！」

風系法師見勢不妙，立刻颳起狂風打算乘風而去，但安妮只是看了他一眼，一隻隻骨手從屋頂、地下、牆壁上伸出來扣住他的四肢，他就像是陷入一張骨頭織成的蛛網裡。

他面露驚恐地失聲大喊：「亡靈魔法！妳是亡靈女巫！」

安妮歪了歪頭，露出友好的微笑，看來亡靈法師在同是法師的同僚中，風評也不太好啊！

里維斯把斷了幾根骨頭的鬍渣戰士從碎石堆裡拎出來，把劍架到他的脖子上，「回答她的問題。」

鬍渣戰士張了張嘴，吐出來一口血，被吊在空中的風系法師搶先說：「我知道！真的有，我曾經見過，不過那個海妖應該活不了多久了。」

還不等安妮問為什麼，他就自己一五一十地招了。

「那個海妖被人抓住以後根本就不想活了，列恩怎麼訓都沒辦法，所以他才不敢把海妖賣給別人，賣出不聽話的奴隸可是奴隸商人的大忌。不過他可不會做虧本生意，沒辦法整隻賣，就賣血肉，海妖的血肉有強大的治癒能力是真的！」

說完安妮想知道的消息，他有些猶豫地提醒她：「尊敬的亡靈法師閣下，如果我們長時間不回去，列恩會派人來找的，所以……」

「所以我得先去找他，他有了大麻煩就會把你們的事忘了，對吧？」

安妮露出笑臉，根本沒在意他們驚恐的眼神，轉頭對著躲在門邊偷看的維克多招招手。

維克多早就已經見過安妮的骨手了，也不知道擅自在腦海裡把安妮腦補成什麼可怕的角色，此時見到這麼恐怖的畫面，居然也沒有什麼不適應，眼睛發亮地小跑步到她身前問：「大人，您有什麼吩咐！」

安妮笑了笑，指了指倒在地上的那幾個人，「去把你的朋友們搬走吧，之後最好別讓人靠近這裡。」

維克多點頭如搗蒜，有些擔憂地看著骨手們把那個受傷的戰士也掛起來，忍不住問：「那他們……」

安妮笑了笑，「先掛一段時間，一兩天之後，你再去通知治安官或者冒險者協會，說這裡有亡靈法師，他們肯定會來的。」

維克多趕緊記下，有些躊躇地問：「您、您要離開了嗎？」

安妮已經走出去一段距離了，她沒有回頭，只是擺擺手，「你的房間裡還有我留下的餡餅，你可以把它吃了。」

維克多突然朝著她的背影大喊：「我會、我會完成您的任務的！」

安妮笑了一聲，轉頭看向里維斯，「你看，里維斯，住在貧民窟的人們只要感受到一點善意，哪怕是女巫伸出的手也會握住。」

里維斯露出微笑，「……我也是在絕境握住女巫之手的人，並沒有資格嘲笑他。而且安妮小姐，您從沒有讓我失望。」

奴隸商人的大本營並沒有安妮想像中的嚴格防禦，門口的兩個守衛甚至不需要使用催眠魔法，自己就已經東倒西歪呼呼大睡了。

以防萬一，安妮還是補上一個催眠魔法，兩人悄無聲息地進入了屋內。屋內的空間比他們想像的更大，裡面整齊地排列著鐵鑄的籠子，有些空著，有些擠著幾個人。

察覺到有人進來，籠子裡的奴隸們短暫地騷動了一下，但也沒人敢貿然發聲，一道道帶著麻木或不安的視線盯著他們。安妮有些嫌棄地抽了抽鼻子，她對氣味很敏感，這裡面的氣味實在說不上好聞，混雜著汗味和血腥味，還有各種草藥的混雜。

他們打算先尋找海妖的身影，沒想到還在這裡見到了一個熟人——被里維斯送去治安官那裡的那個山賊。

里維斯不由得皺起了眉頭，他下午才把山賊送去治安官處，無論這個山賊再怎麼擅長逃跑，也不可能當天就從牢裡逃出來，晚上又這麼巧再次被奴隸商人抓住關回籠子裡。

更何況他現在的處境相當不妙，全身上下布滿傷痕，蜷縮在籠子的一角，怎麼想都是那些治安官轉手把他又送給了奴隸商人。

安妮察覺到里維斯的怒意，探頭看了一眼，「別擔心，他的靈還很穩定，奴隸商人不會隨意把自己的商品打死的。只是受了這麼重的傷，就算我們打開籠子，他也沒力氣跑掉。」

聽到有人說話，籠子裡的山賊忽然動了動，眼神有些沒有焦距地抬起頭，不敢置信地看著眼前的兩個人。他本能地想要開口，但很快克制住，飛快地看一眼門外。

安妮明白了他的意思，露出笑臉，「他們已經睡著了。」

山賊目光複雜地盯著她，隨後奮力爬起來，看到他那一身傷口牽動，安妮都覺得痛，忍不住抽了抽嘴角。

山賊卻好像感覺不到一樣，動作虔誠地在她面前跪下，額頭貼著地面，「尊敬的法師大人，請您原諒我之前的不敬，求您施捨慈悲，帶我離開這裡，無論要我付出什麼代價，哪怕是生命和靈魂我也願意支付！」

里維斯看了安妮一眼，低聲說：「我先去找海妖。」

安妮留了下來，看著那個山賊，饒有興致地問：「我可以打開你的籠子，但是在這座城鎮裡，你能去哪裡呢？那些治安官會把你送回來，你也不可能找到正經的工作，你該怎麼活下去呢？」

山賊的表情有一瞬間的扭曲，但他也明白安妮說的是實話，他咬著牙，用幾乎從喉嚨裡擠出來的聲音說：「那我會再逃一次。只要我還有一口氣，我就要離開，我不想作為一個奴隸死去！」

安妮看著他，似乎對他的故事很有興趣。

在其他人看不見的另一個世界裡，一位神態蒼老的鬼魂飄了出來，她將蒼白而半透明的手放在山賊頭頂，就像溫柔地對待自己的孩子一般親暱地撫摸他的頭頂。

山賊忽然感到一股涼意，但他的心緒很快安寧下來，就好像是回到最安心最舒心的地方，不由自主地生出傾訴的欲望。

他似乎有些跪不住了，索性就不跪了，換一個姿勢盤坐在地，神態自然地改口：「其實做奴隸也沒關係，只要能讓我和家人在一起……畢竟我從生下來就是個奴隸了。但我不是這裡的奴隸，我是黑狼部族的奴隸，我是一個木匠，我能做很多東西。我有妻子，還有女兒，我想回家，我想回到她們身邊，我得保護她們，哪怕繼續當一個奴隸，我也得回去。

「我的女兒已經八歲了，我離開前還答應要給她買一件新衣服，如果這次我能逃回去，也許會挨一頓毒打，但我有手藝，他們應該不會打死我的。無論讓我做多粗重的工作都行，只要讓我回家。」

看樣子他之前的有骨氣只是裝出來的，安妮覺得有點好笑，但還是很有興趣地問：「你為什麼會被賣出來？」

他愣了愣，努力回想著，「是我的主人，他想要一個新的花瓶。」

安妮不可思議地歪了歪頭，「什麼？」

山賊篤定地點頭，「對，因為他想要一個新的花瓶，就用手下的奴隸去換，我當時正好在場。」

這似乎比安妮想像的還要糟，她垂下眼，「你也可以不做奴隸的。」

山賊似乎聽到什麼好笑的笑話，「我那是騙妳的，我們這樣的人，很會察言觀色，大人。妳和那位騎士，看起來就是喜歡硬骨頭的人，我那樣硬氣地說話，你們救我的可能性才會更高。妳不會真的相信了吧？我一生下來就是奴隸，我的妻子我的孩子都是奴隸……」

安妮站起來，那個鬼魂消失在黑暗裡。

山賊如夢初醒般惶然起來，他剛剛都說了些什麼？

里維斯的聲音從屋內傳來，「找到了。」

安妮走過去，里維斯看著她的臉色有些擔心，「怎麼了，安妮？妳看起來臉色不太好。」

「沒什麼，聽了一個不太美妙的故事。」安妮看向眼前安置在鐵籠內的木盆，這一個盆顯然有些小，漏出半塊水光粼粼的魚尾巴，從黑布的形狀，隱約能看出半個人形。

里維斯皺起眉頭看向那個木盆，「我剛剛嘗試叫過她，但她並沒有回應，不知道她怎麼了。」

「我們來晚了，她快死了。」安妮看著那塊黑布嘆口氣，「她的靈已經在消散了。」

那塊黑布忽然動了動，一隻纖細有鱗的手伸了出來，揭開黑布，「我聞到了亡靈的味道，還以為是梅斯特回來了。」

她說話的語調很奇特，輕柔而飄忽，就像在唱歌。然而安妮根本不在意這個，她立刻往前一步追問：「妳知道梅斯特？喂，堅持一下，妳先別死啊！」

「呵呵，這種沒禮貌的樣子也很像他。」海妖掀開了身上的黑布，但她已經沒力氣坐起來了，只是有些好奇地打量著安妮，「不用著急，妳是亡靈法師的話，就算是我死了也可以接著問話。」

安妮愣了愣，平靜下來，「對，是我太著急了。抱歉，我來晚了，沒辦法救妳。」

兩人這才打量起她的身體狀況。

傳聞中海妖長相可怖，靠美妙的歌喉蠱惑人心，但這位海妖小姐的臉，即使從人類的審美角度來看，也是相當美貌的。臉頰兩側的腮也幾乎被頭髮遮擋，看不出什麼異樣，眼睛狹長，眼珠就像是白色的珍珠，乍看可能會被當成盲人，但細看又會覺得有一種奇異的美感。

安妮發現她泡著的液體並不是海水，而是藥劑，看來奴隸商人也知道她活不了多久了，用這些藥劑吊著她的命。

她有一條乳白色的魚尾，鱗片一路蔓延到腰部和背脊，如果在陽光下，應該會折射出夢幻的光芒。只不過現在……

安妮眼尖地看見木盆底部有大把脫落的鱗片，看起來就像是黯淡的乳白色貝殼。

里維斯紳士地轉過身，不去看一位淑女狼狽的模樣。

「他是不好意思了嗎？」海妖笑了，撩了撩自己海草般的長髮，她一動作，就露出後背上可怖的細密傷口。

大概是安妮注視的時間過長了，她自己也回頭看了看，「這是他們取血留下的，背部是最不致死的地方了。嚇到妳了嗎？小丫頭。」

安妮搖了搖頭，她有點不知道該說什麼。

這位海妖倒是十分親切，「妳是來做什麼的？聽妳的口氣，妳好像認識梅斯特。」

安妮張了張嘴，格外老實地交待自己的目的，「他是我的叔叔，我來找海妖，順便放走這些奴隸。」

「妳要把他們放走？」海妖看起來並不像垂死，她反而支起上半身，看起來精神奕奕，但安妮知道，這意味著她的時間不多了，這是她最後的生命力。

安妮點點頭，周圍的奴隸們抑制不住地騷動起來，有人小聲哀求：「救救我們吧！」

海妖轉頭環視著這裡，「人類真是個奇怪的種族啊，有的人即使對同族的人都相當殘暴，但有的人卻對異族的人都格外溫柔。

「這裡很多人都受傷了，那個亞獸人為了防止他們逃跑，下手可不輕。

不過沒關係，有我在，反正我快要死了，妳把我的血肉分給他們吧，他們很快就會好起來的。」

里維斯聽得握緊了拳頭。

「我能幫妳什麼？妳叫什麼名字？」安妮沒有拒絕，只是低聲問她。

海妖愉快地甩了甩尾巴，「我叫忒彌斯，我是梅斯特的愛人，妳應該叫我什麼？」

安妮似乎被這個衝擊的事實嚇到了，她張了張嘴，難得茫然無措地看向里維斯求助，里維斯略微沉吟，清了清喉嚨提醒她：「我想，妳應該要叫她嬸嬸。」

安妮在海妖忒彌斯期待的目光下，硬著頭皮叫了一聲「嬸嬸」。

忒彌斯相當滿意，她似乎有些疲憊，扒著木盆的邊緣取下自己尾巴上最亮的那塊鱗片遞給她，「剩下的妳可以跟我的亡靈聊，我太累了，我該回家了。」

安妮用力抿了抿唇，承諾道：「我會為妳報仇的。」

忒彌斯笑了起來，「不，不用，親愛的，我不是被誰害死的，我這是殉情，我就要回到梅斯特身邊了。」

聽到「殉情」這個詞的時候，安妮的心已經沉了下去。

——除了戈伯特，梅斯特也死了。

她原本刻意忽略這個可能，只想著聖光會沒有記載，其他人就應該還活著。但她其實明白的，無論是魔土還是南部大陸，都是充滿危機的地方，誰都有可能死於意外，包括詭異強大的亡靈法師。

安妮垂下眼，沒理會奴隸的感謝，繼續打開他們的籠子。

里維斯擔憂地看了她一眼，「安妮……」

安妮搖了搖頭，「沒關係里維斯，我會在能傷心的時候傷心，現在還不是時候，我們還有事要做。」

給每個虛弱的奴隸餵完血，安妮回頭看一眼，忒彌斯已經半趴在木盆邊緣安靜地死去，最後的最後，她的嘴角掛著還算滿足的笑容。遠方似乎傳來悲愴深幽的歌聲，安妮舉起手裡的鱗片，忒彌斯的靈跟隨指引附著在鱗片上。

安妮小心地把鱗片收起來，放進最靠近心臟的那個口袋裡。

幾隻骨手從地面伸出來，動作輕柔地托起海妖傷痕累累的屍身，將她放置進一個白骨棺槨，幾隻骷髏從地底冒出來，把棺槨扛到了肩上。

雖然知道他們等一下必定會有一場戰鬥，忒彌斯小姐沒有要求安妮帶著她的屍體，應該也是擔心拖累他們，但安妮還是想把她送回大海。

她注意到里維斯的視線，解釋道：「我聽說過海妖的傳聞，死後他們的靈魂會去往想去的地方，但身體會歸於大海，我想把她帶回去。」

里維斯鄭重地點頭，「妳放心，我不會讓他們靠近的。」

安妮努力露出笑臉，「好，那麼其他事就交給我，我來開路。」

里維斯微微點頭。

安妮轉頭看向惴惴不安擠在一起的奴隸們，「等一下我會製造混亂，你們藉機救出其他的奴隸，帶所有能走的人走，讓局面越混亂越好。記住，只針對奴隸商人的產業，別傷害平民！」

人群很快騷動起來，山賊眼睛發亮，「我們明白，我們會追隨您的！」

「我不會一直庇護你們。」安妮的表情相當冷淡，沒有理會人群的騷動，「但我要往晴海海岸去，在那之前我不會丟下你們，但之後你們得想想自己該去哪裡才能活下來。」

奴隸們面面相覷，安妮沒有等他們給出答覆，徑直走出了屋外。

無數的骸骨從地底鑽了出來，彷彿來自冥界的陰冷氣息圍繞著這裡，讓衣服單薄的奴隸們忍不住牙齒打顫。

里維斯敏銳地感覺到安妮在生氣，這次她召喚的骷髏大軍可和之前演戲的那群不一樣，所有不死族都拿著武器，散發著幾乎可見的陰沉死氣。

出乎里維斯意料，那些奴隸並沒有懼怕骷髏，或許在他們眼裡奴隸商人是更可怕的東西。他們按照安妮的囑託，衝出去打開了其他奴隸的鐐銬，拉扯著同伴們，開啟了一場聲勢浩大的逃亡。

門口呼呼大睡的守衛終於被吵醒了，他們茫然地睜開眼，忽然生出一種自己還在做夢的荒唐感來。這些從前唯唯諾諾都不敢抬頭看人的奴隸在列恩大人的地盤上大鬧，有人甚至舉起了火把，要把這些屋子給燒了！

「住手！你們在做什麼，你們這些骯髒的賤民！」

脾氣比較急的守衛舉起了武器威懾，同伴還來不及阻止他，下一秒，他們就被憤怒的奴隸們淹沒了。

紅著眼睛的女孩哭喊：「我才不是賤民！」

脖子上覆蓋著細密絨毛的亞獸人宣洩著憤怒，「你們這群狐假虎威的惡徒！」

不知從什麼地方點起了火，安妮領著白骨棺槨往前走，黑色的眼瞳裡映著火光，她的表情看不清喜怒，「里維斯，火燒起來了。」

人。」

里維斯點點頭，「他們需要一場大火，但我們也得看著，別燒到無辜的

奴隸商人的手下們顯然剛剛從睡夢中驚醒，有些狼狽地奔跑出來，一時間居然不知道該先抓人還是先滅火。有人眼尖地發現，奴隸們是跟隨著安妮在移動，畢竟她身後就有幾個骷髏扛著白骨棺槨，實在是太顯眼了。

有人大喊：「去找幫手，她是亡靈女巫！」

他們一路從奴隸商人處往海邊行進，如果有人怒氣上頭，為了破壞而落後，也會有同伴不斷提醒：「往海邊去，別掉隊了！」

他們走到一半，終於見到了名副其實的攔路人——一個憤怒的亞獸人。

安妮看著他毫不掩飾的狼頭，確認般叫了一聲：「亞獸人列恩？」

列恩站在人群中彷彿一個巨人，足有兩公尺高，里維斯站在他面前，也被襯得像小孩子。

巨大的狼頭做出狼類魔獸攻擊時的神態，從喉嚨中發出威脅的低吼，露出牙齦和閃著銀光的巨齒。他看都沒看里維斯，緊緊盯著安妮，「該死的女巫，妳想偷走我的奴隸？我要掏出妳的腸子，把妳掛到城牆上，讓妳知道跟我們作對的下場！」

街邊的平民們有人好奇地打開了窗看熱鬧，也有人緊閉門窗似乎不想惹麻煩。

「滾開！」不知是哪裡響起一聲尖叫，一塊木板被奮力丟向列恩，然後砸在了列恩的面前。

這個準頭不太行的攻擊，雖然不可能對他造成任何傷害，卻成功惹怒了這位奴隸商人。他危險地瞇了瞇眼，「我通常不會弄壞我的商品，但我今天很生氣。」

有人起了頭，剩下的奴隸們忽然有了勇氣，有樣學樣地朝著列恩扔出手邊所有能扔的東西，還附帶各地特有的髒話。

「嗚！」雖然這些攻擊不痛不癢，但列恩不能容忍自己的權威被挑釁，他張嘴怒吼，「我要把你們全都撕碎！」

他一聲怒吼，揮動變成狼爪的雙手抓碎飛來的物品，忽然他覺得手裡黏黏糊糊的，低頭一看，這居然是一顆雞蛋。他怒不可遏地看向雞蛋的來處，只看見路邊的窗口，一名主婦害怕地把調皮的孩子從窗前拉回來，茫然無措地關上窗戶。

列恩無視所有攻擊，一步步朝著那間小屋走過去，一腳踹開了屋門，不出意外，聽見屋內傳來女人害怕的哭喊。

他露出殘忍的微笑，對，沒錯，這樣的反應才是對的，收拾掉這些弱小的賤民之後，他們才會重新知道誰是老大。

「正好，把他們殺死以後我會缺貨，小鬼，感到榮幸吧，你在我那裡會有一個籠子，哈哈！」

他張狂地笑了起來，沒注意到身後里維斯已經趕到，一把拉扯住他脖頸處的狼毛，狠狠把他摔出房屋。

里維斯攔在小屋前，居高臨下地看著他，「不對手無寸鐵的婦孺出手，這是鐵則。」

列恩被扯下一大把狼毛，痛苦地伸手摸著後頸嚎叫起來，掙扎著爬起，赤紅著眼睛盯緊了里維斯，「關老子屁事，我們才不在乎這些！」

「我知道你不懂，所以我正在教你。」里維斯握住劍，一步跨上前發動攻擊。

列恩這次有了準備，但他依然沒有抓住里維斯的攻擊軌跡，他的劍漂亮地劃過他的手臂，鮮血噴湧而出。

里維斯神情肅穆，「第一條，善待弱者。」

列恩憤怒地張口咬他，只咬到他的劍，被里維斯一拳打在下巴上，他的拳頭上似乎還附著某種暗系魔法，列恩只感覺下巴灼燒般疼痛。

里維斯毫不留情，「第二條，真誠待人。」

「住手、住手，我知道了！」列恩承受不住地喊叫起來，他當然不是真心求饒，他只是想要尋找機會，然而里維斯動作毫不見慢，又一劍劃過他的背脊。

「第三條，為正義而戰。」一拳狠狠擊向他的腹部，「第四條，永不言棄。」

「第五條，對愛至死不渝。」再次狠狠將列恩摜倒在地，這位身形龐大的奴隸商人似乎放棄反抗，沒能再次站起來。

列恩的腦海裡不由自主地記住這些，但他有些茫然地瞪大眼睛，有些不明白這些東西跟他有什麼關係。

里維斯低下頭問他：「記住了嗎？」

列恩趕緊點頭，他甚至沒覺得有什麼不對，亞獸人的天性就是弱肉強食，對強者低頭在他看來是再正常不過的事情了。

里維斯微微點頭，就在列恩以為自己應該是逃過一劫的時候，里維斯再次舉起手中的劍，「還有最後一條——

「錯誤必須付出代價！」

他的劍落了下去，結束了這個罪孽深重的亞獸人的生命。

安妮露出笑臉，她原本還擔心裡維斯會放過他，打算之後再悄悄動手的，看來是不用了。

人群爆發出一陣歡呼，不少奴隸停下了腳步。在他們看來，奴隸商人列恩已經死了，他們也就沒必要再跟著亡靈女巫逃亡了。

安妮也沒有制止他們，只是依然朝著晴海海岸前進。從別處送來的奴隸們依然跟在她身後，也有不少人試圖回到貧民窟，回到自己的家。

有人大著膽子從街道旁的屋子裡喊道：「有人見過一位小女孩嗎？有人見過我的南希嗎？」

「還有我的卡布，大概那麼高，一個黃頭髮的小男孩！」

似乎有不少居民的家人也在這裡消失過，安妮若有所思，沒有停下腳步。

忽然，人群從後面又騷亂起來，有人大喊一聲：「治安官來了！」

Getaway Guide for Necromancer

CHAPTER 8

【自由】

安妮皺起眉頭，鑑於出現在奴隸商人那裡的山賊，她對約克鎮的治安官可沒多少信任。而且她是亡靈女巫，無論治安官是站在什麼立場，都不可能對她這個邪惡的女巫不管不問。

里維斯迅速趕回到她的身邊，看表情也覺得形勢對他們不利。

安妮回頭看著身著盔甲的戰士們整隊趕了過來，像一道分界線，把普通居民和奴隸們分隔開來。

有一位剛剛找到了自己孩子的母親驚慌地叫了起來：「請等一等，這是我的孩子！」

治安官凶狠地打斷她，「所有奴隸都要統一收編，聽候大人們安排！」

那位母親還在苦苦哀求，「不是的，他不是奴隸啊！他是我的孩子，他只是被拐走了！」

治安官充耳不聞，強硬地把他們隔開，「閉嘴！」

然而那句話迅速引起巨大的反響，奴隸群中也爆發呼喊：「我們不是奴隸，我們是平民！」

「我們是被抓走的！」

「治安官為什麼不保護我們，你們這些該死的幫凶！」

就算他們拿著武器，在聲勢浩大的人群面前也顯得有些渺小，不少治安官都有些躊躇，有的人還高高舉起武器不敢輕舉妄動。

里維斯皺起眉頭，「我背過南部大陸的形式地圖，十三王各自有自己的統治區域，這裡應該是屬於喬卡瑟王，一位人類王的領土。為什麼這些治安官會這麼縱容黑狼王的勢力在這裡發展？」

安妮瞇起眼，「要不是他們關係相當不錯，他知道黑狼王在這裡做奴隸貿易，並且作為官方勢力默許了，甚至還有可能分了一杯羹。不然就是他們關係相當差，黑狼王在悄悄蠶食著他的地盤，甚至於某個小鎮的治安官都是站在黑狼王這邊的。

「我可不懂政治，你覺得是哪種呢，里維斯？」

里維斯略微沉默，相當沉重地點頭，「喬卡瑟王，不可能不知道。」

安妮動了動手指，有些無聊地嘆口氣，「這可真是個糟糕的世界啊，里維斯，我現在有點理解，他們為什麼想要毀滅這個世界了。」

她指的應該是她的家人，在離開前他們曾說要去毀滅世界，里維斯到現在也不知道，那些話到底是什麼意思。

但這不妨礙他明白安妮是什麼樣的人，里維斯目光毫無動搖，溫和地看向安妮，「也沒那麼糟，至少昨天在街上您還是很高興的。」

安妮似乎有些不滿被人輕易看穿，哼的一聲嘀咕：「你以為那些小玩具、小點心、小首飾就能阻止世界毀滅了嗎？……好吧，也許真的可以。」

里維斯笑著搖搖頭，重新看向那些治安官，覺得有些頭痛，「這下怎麼辦？他們沒有派出大人物，這些治安官也只是普通的士兵。」

「雖然只是小嘍囉，但也是群讓人討厭的小嘍囉。」安妮板起臉，忽然扯出一個有些惡劣的笑容，「錯誤必須付出代價，對吧？」

里維斯還來不及答話，就看見治安官們身處的地方發生變動，他們腳下的泥土忽然被一雙雙骨手刨開，猝不及防地一個個摔倒在地，被拖進了越挖越大的土坑裡。

這樣的場面不由得讓人想起，那些會把人拖進墳墓裡的亡靈傳說。

治安官們驚恐地發現那些骨手將他們固定在坑中，動作極快地往他們身上堆土，看那個架勢就像是要把他們活埋一樣。

治安官們害怕地哀號起來，然後他們驚訝地發現土只堆到脖子，他們的腦袋還在外面，還能呼吸，還不會死，只是模樣多少有些滑稽，讓這些平日裡作威作福慣了的士兵臉色漲紅。

人群中的分割線消失了，平民和奴隸們再次交會在一起。

里維斯注意著他們，不讓他們藉著怒火，對已經沒有抵抗能力的治安官們出手。

有了里維斯看顧，安妮放心地轉身，沒去管身後越來越壯大的隊伍，繼續領著那具白骨棺槨朝目的地前進。

南部大陸的邊界，有一片沒有盡頭的大海——晴海。古往今來，也從來沒有人知道，海的彼端到底有什麼，有傳聞說海的盡頭是太陽居住的神之國，也有人說海的那頭通往冥界，但都只是猜測而已。

安妮站在晴海邊，看向身後不知何時變得數量相當可觀的隊伍，有些頭痛地看向里維斯，小聲抱怨：「不是說只保護他們到晴海嗎？這些人怎麼還不走，我是不是還得對他們說點什麼？」

里維斯微微地笑了，「說點什麼吧，給他們一點勇氣和希望。」

「這可不是亡靈女巫該做的事情。」安妮嘀咕一句，隨後讓腳下生出白骨搭建的臺階，好讓自己站得高一點，讓所有人都能看見她。

當所有人的目光集中到她身上，有崇敬也有感激，還有畏懼和狂熱。

安妮很少這樣被人注視著，大部分時候她只會被教會用厭惡的目光凝視，因此還稍微覺得有些新鮮。她看見所有人眼中的不安，也看見他們眼中暗含的希望，總覺得站在這個位置看他們，就會不由自主地背負上什麼責任。

安妮認真考慮一下，開口說道：「我說過，我只會保護你們到晴海邊界，現在，你們該自己尋找接下去的路了。」

人群騷動起來，不知道是誰帶了頭，他們虔誠地向安妮低下了頭顱，「感謝您，偉大的亡靈女巫！」

這讓安妮的臉色有些古怪，「偉大」這個詞倒是很少跟亡靈女巫扯上關係。她有些無奈地看向里維斯，在他眼帶笑意的鼓勵中，無奈地再次開口：「離開吧，在這之前，我送你們最後一份禮物。」

所有人眼含期待地看著她，安妮莊嚴地做出祈求的姿勢，向不知名的存在禱告：「沉睡於深淵的神明，我在此祈求您，將所有生靈同樣的尊貴和自由，重新贈予他們。」

所有人屏住了呼吸，不知道是不是錯覺，他們似乎感覺連夜逃亡的疲憊一掃而空，沉重的步伐變得輕盈，急促的呼吸逐漸平緩，就連有些人身上傷口的疼痛都被紓解了。

在所有人感受著自己身體的變化時，安妮向他們宣布：「現在起，你們不再是奴隸了，好好活下去吧。」

隨著她的話音落下，安妮忽然感覺到身後有一絲溫暖。她扭過頭，看見從海平線處亮出今天的第一抹晨光，光照亮了海面，驅散了今夜的黑暗。

安妮笑了笑，「看樣子今天會是一個好天氣。」

底下的奴隸們已經感動地哭作一團，有的喊著什麼「讚美太陽」，有的喊著「讚美女巫」，還有「讚美沉睡於深淵的神明」，也有含糊不清亂讚美一通的，大概都是跟聖光會、命運神殿那些傢伙學的。

安妮看向里維斯，朝他擠了擠眼睛，「今天的太陽也太給面子了，照這個氣氛我都能在這裡建立自己的教會了。」

里維斯溫柔地笑了笑，「如果妳想，當然可以，妳想建立個什麼教會呢？亡靈教？深淵教派？」

安妮從白骨臺階上跳下來，目送人群互相攙扶著離開，她故作得意地扠著腰，「不，我叫不整理口袋派！」

里維斯當場無語，等到人走得差不多了，他才問安妮：「妳剛剛用的魔法是什麼？」

安妮笑了，「只是一個群體精神刺激魔法而已，會讓他們覺得格外有精神，處於稍微亢奮的狀態，能夠減輕各種負面情緒，唯一的副作用，大概是今晚他們也許會失眠。至於那段禱告詞，也是我臨時編的。怎麼樣?里維斯，如果我不當女巫，也許還能做遊吟詩人。」

里維斯不由得想起了自己那個勵志成為遊吟詩人的二哥，表情嚴肅地告誡她：「那麼妳一定得離一個叫菲爾特·萊恩的男人遠一點。」

安妮眨了眨眼，「你的二哥？」

里維斯緊繃著臉，「那傢伙該離全世界的美麗少女遠一點！」

安妮盯著他看了片刻，湊過去問他：「雖然你自己可能沒意識到，但是里維斯，你剛剛好像在稱讚我喔？」

里維斯有些尷尬地別開視線，「是我失言了，安妮小姐，但是我確實認為所有淑女都是美麗的。」

「喔——」安妮故意拉長了語調，裝作傷心的模樣，「所以說到底，我也不過是個連長相都平平無奇、普普通通的少女。」

就算知道她是在故意演戲，里維斯還是不得不解釋：「不，您是特別的，您是美麗且強大，而且還格外溫柔的……」

聽著他結結巴巴，努力想著誇讚自己又不顯得輕浮的措辭，安妮忍不住笑了。

隨後她拍了拍自己的臉，真誠地道謝：「謝謝。里維斯，我現在覺得心情好多了，可以面對接下來的糟糕世界了。」

里維斯沒有說話，注視著她面向晴海，取出了忒彌斯的鱗片。

原本輕柔的海風陡然變得激烈，剛剛透出一點光的太陽被層層烏雲擋在了後面，天空和大海都瞬間陰沉下來。

鱗片上浮起一個透明的影子，伴隨著哀慟幽婉的歌聲，她緩緩漂浮向大海。

然而忽然一道強烈的光穿透雲層落在海面上，幾乎把一切都照成金色，威嚴的聲音響徹天地。

「——讚美光明！」

從天而降的刺眼光芒幾乎讓安妮睜不開眼，她聽見被籠罩在光柱內的忒彌斯魂靈發出痛苦的悶哼，立刻毫不猶豫地伸出手把她拉回來，重新附著在那片鱗片上。

里維斯看見安妮伸進光柱的那隻手上出現了明顯的灼傷痕跡，但安妮連眉頭都沒有皺一下，只是把手藏進了寬大的衣袖裡。

她甚至還露出微笑，瞇起眼看著光柱內緩緩降下的人形，饒有興趣地問里維斯：「他們這是直接召喚一個天使過來嗎？」

即使她現在笑著，里維斯也能清楚地感覺到她的怒意。

他握住劍，沉穩地回答：「也有可能是聖光會的隱者。我在王族內曾聽說過教會內部的密辛，傳言中神眷教皇的壽命會比一般人長很多，但為了不讓普通人懷疑，到了年紀就會宣布教皇的死訊，舉行聖葬。然而實際上，他們只是隱居在教會內部，成為隱者。

「除了召喚天使以外，隱者是教會內最強的戰力，有傳言說，他們甚至能引動神降。」

安妮神色動了動，「如果真的是神來了，那我們也只好束手就擒了。」

里維斯相當冷靜，依然攔在安妮面前，注視著光芒散去後，那裡浮現的白袍身影，「應該也沒有那麼簡單，引動神降必定要付出相當大的代價。」

安妮忽然皺起了眉頭，「又有人來了。」

在她回頭注視著的地方，傳來了一聲聲狼嚎，海岸邊的樹林裡驚起了無數飛鳥，彷彿有什麼聲勢浩大的部隊正在靠近。

里維斯神色凝重，「是狼群，這個規模的狼群，很有可能是黑狼王親自來了。」

安妮的臉色有些古怪，「還不只，那邊也有人來，這個氣息……像是命運神殿的騎士團。我只是一個平平無奇的小女巫吧，這個陣容是不是過於豪華了一點？」

雖然里維斯對她口中的「平平無奇」保留意見，但也確實覺得這個陣容過於豪華了。

里維斯低聲問：「能傳送離開嗎？」

安妮緩緩搖了搖頭，「我已經試過了，這塊區域被封鎖了。」

里維斯皺起眉頭，「妳還有什麼保命的方法嗎？」

「沒有了。」安妮老實交代，但看起來似乎不怎麼害怕，她拍了拍里維斯的肩膀，一步步踩著浮現的白骨臺階站到了高處。

里維斯默然，轉向了狼群的方向。

那名從天而降的聖光會隱者，身後有一對光翼，因此能夠懸浮在海面上。

安妮不喜歡仰著頭跟人說話，所以特地站到他的同一高度。

她微微笑了笑，在里維斯有些擔憂的目光裡說：「雖然沒有保命的手段了，但同歸於盡的手段還有不少，尊敬的隱者閣下，你想怎麼死呢？」

隱者身著一身潔白的長袍，臉部似乎籠罩著光芒，讓人看不真切，不過安妮從他露出在外、樹皮般乾皺的手也能看出，這一定是一位已經上了年紀的老者。

非常符合里維斯對聖光會內老怪物的推測。

「瀆神的女巫，妳腳下的白骨階梯，是要通往誰的王座嗎？」

他說話的聲音倒是相當年輕，只是語調並不像一般年輕人那樣有朝氣。

安妮困惑地歪了歪頭，她以為只有命運神殿的傢伙才喜歡講這些讓人摸不著頭腦的話，怎麼聖光會的人說起話來也是同個德行？

「喂，這裡可不是教會的地盤，這個女人是我的獵物，老傢伙讓開！」

一道粗獷的聲音在這裡響起，安妮回過頭，一個身形格外巨大的狼族亞獸人從叢林中走了出來。安妮記得里維斯說過，黑狼王是純血亞獸人王，能夠完美地在人形和獸形之間轉換。

他從叢林中走出來的時候，正從完全的狼形轉換成人形，唯獨保留了一對狼爪，看起來這也是他的武器。

他身後明顯還跟著為數不少的狼群，只是謹慎地留在了樹林裡，沒有貿然現身。

對方有一張人類審美中也相當男子氣概的臉，只是神態傲慢，態度囂張，實在讓人生不出好感。

安妮打量著他，「黑狼王約德？你的消息可真靈通。」

——列恩今晚才剛出事，他這麼快就親自趕過來了。

約德扯出一個嘲諷的笑，「當然了，妳以為這是誰的地盤？」

里維斯沉下臉，「黑狼王約德，你背棄了晴海部族禁止奴隸貿易的合約。」

約德挑了挑眉毛，有些疑惑地看向里維斯，愣了一下以後露出張狂的笑容，「哈哈哈，我當是誰，這不是金獅帝國那個一板一眼的漂亮王子嗎？」

里維斯瞬間黑了臉。

約德搖了搖頭，「親愛的王子殿下，你說話可要講究證據，我什麼時候做了奴隸貿易了？」

里維斯瞇起眼，「如果奴隸商人列恩不是你的手下，那你來做什麼？」

約德眼珠一轉，誇張地張開雙手，「我當然是來營救您的啊！尊貴的王子殿下怎麼能被亡靈女巫驅使呢！不過您好像也沒有被操控，難道是自願的？

「喔！這可真是讓人心痛的自甘墮落啊！難道是因為……愛情？我倒是聽過你們人類有不少荒唐的故事都跟愛情有關，雖然我是不理解這種發育不良一樣的洗衣板雌性有什麼好的，哈哈！」

安妮也瞇起了眼。

隱者開口道：「退下吧，約德，追捕亡靈女巫是聖光會的職責。」

約德皺了皺眉頭，「老頭，你都多大年紀了，還要假裝年輕人說話？」

安妮看見隱者的手指似乎稍微動了一下。

姍姍來遲的命運神殿聖騎士團也介入戰局，為首的騎士長往前一步，「隱者大人，命運神殿願意協助。」

他們在抓捕亡靈法師方面也不是第一次合作了，隱者緩緩點了點頭。

約德撇了撇嘴，「喂，這裡可是我的地盤啊，也帶我一起玩嘛。而且你們命運神殿的傢伙都見不得人嗎？一個個把臉遮得那麼嚴密幹什麼？」

不少命運騎士怒目而視。

安妮抓了抓下巴，這位黑狼王約德，以一己之力吸引了在場所有人仇視的目光，果真是個狠人。

如果只有聖光會和命運神殿的人在場，他們應該會毫不猶豫地對安妮出手，但現在有一個搞不清立場的黑狼王約德，所有人反而不敢輕舉妄動了。

約德看起來並沒有離開的打算，站在原地若有所思。原本他只是來報仇的，沒想到聖光會和命運神殿兩個教會居然也追著他的獵物特地來到南部大陸。那這個亡靈女巫身上，肯定藏著不少的祕密。

在南部大陸這個地方，無論是力量還是祕密，都能被置換成利益，既然被他看到了，那可不能就這樣放過。

約德饒有興味地盯緊了安妮，顯然是把她當成自己的獵物，微笑著開口：「既然在我的地盤動手，總得給我一點好處吧？」

這可真是相當直接的發言了，安妮看了他一眼，忽然笑了起來，「咳，兩位教會的朋友，你們不覺得這位黑狼王實在是有些煩人嗎？不如你們先看著我把他收拾掉以後，再聯手來抓我？」

騎士長和隱者都沒有開口，約德瞇起眼睛，「人類，妳在找死？」

隱者笑了一聲，「不，她在找死者的屍體，如果能夠操縱黑狼王的屍體，妳說不定有機會突破包圍。我不會讓妳如意的，妳今天必須受到光明神的制裁！」

約德不由得悄然鬆了口氣，剛剛他還真的懷疑這群人類可能會同意她的計謀。

安妮聳了聳肩，「怎麼會呢，我對手下的要求可是很高的，你們看看里維斯，再看看那位，想也知道我不會讓他加入的。」

然而里維斯似乎有點走神，他盯著那位騎士長，忽然覺得有些奇怪，他彷彿從對方身上，感受到一絲熟悉的感覺。

安妮沒有注意到他的異常，她站在白骨臺階上，環視一圈露出笑臉，「尊敬的各位大人物，歡迎你們跟我一起前往冥界，不知道你們喜歡哪一種死法呢？」

沒有人回答她的問題。

和煦的海風突然猛烈起來，把安妮的黑袍吹得獵獵作響。里維斯看見她的手腕上緩緩浮現黑色的符文，本就白皙的皮膚幾乎變得透明，那些黑色的符文從手腕蔓延她的全身，而安妮身後再次浮現了冥界的大門。

只是這次不是演戲，她要認真動手了。

亡靈的哭喊從門後傳來，空中不知何時響起了哀慟的歌聲。

三人同時感到不妙，立刻朝安妮攻去，里維斯把劍擲向騎士長阻攔，自己赤手空拳攔在約德面前。

似乎是受到安妮此刻狀態影響，里維斯也覺得自己的力量短暫得到大幅提升，即使赤手空拳也能攔下凶悍的亞獸人黑狼王。

大戰在即，以至於在場的所有人都沒有注意到，海面下忽然浮現了許多黑影。

就在隱者撲向安妮的同時，里維斯和黑狼王的拳頭相撞，騎士長避開里維斯的長劍，然而海面卻毫無預兆地掀起遮天蔽日的巨浪，把海面上、海岸邊的所有人都捲進去！

所有人猝不及防地落入水中，其中隱者反應最快，立刻拍動光翼躍出水面，皺著眉頭盯著海面，沒有貿然出手。

黑狼王也立刻變回獸形，揮動四肢試圖游出水面，他看起來水性還不錯，一時半刻也不會溺水。

最倒楣的應該是命運神殿的騎士們，他們那一身沉重的盔甲簡直就像是綁在身上的石頭，帶著他們往海底沉去。只能當場表演「丟盔棄甲」，紛紛掙扎著脫起身上的鎧甲。

安妮餘光瞥了一眼，里維斯也落入水中，他一開始還有點不適應，隨後很快發現自己並不用呼吸，水中對他也沒有多少影響，立刻朝自己這邊游過來。

白骨棺槨那邊，自己召喚的小骷髏們被海浪沖散了架，只剩手骨還努力扣在棺槨上，看起來格外可憐。

安妮正要給自己施一個水系魔法，忽然看見一隻容貌妖異的海妖動作迅捷而優美地朝她游過來，他身後還跟著大批海妖，宛如魚群一般湧來。

安妮嚇得吐出一串泡泡。

為首的海妖圍著她繞一圈，忽然伸手抓出一個巨大的氣泡，把安妮塞了進去。

安妮嗆出兩口水，很想對他說，如果不是被他嚇到了，她就已經對自己施展水下呼吸術了。

海妖們也帶上里維斯，還有那具白骨棺槨，甚至還有幾隻好奇地撿起被海水沖散的骷髏頭骨、大腿骨。

這些海妖似乎不帶惡意，安妮總算鬆了口氣，安分地讓他們帶著自己順浪前行，順便看看海底的奇異景色。

海妖在海底的行動速度相當快，很快就到了他們棲息的領地。海妖的領地是一大塊珊瑚礁，礁石內的孔洞裡懶洋洋地趴著不少海妖，看到少見的外來者，都好奇地探出腦袋。

把她塞進氣泡的那隻海妖，把帶著藍色鱗片的手放在她的氣泡上，清亮的聲音傳來，「妳等一下，帶妳去見祭司。」

安妮乖乖點頭，看了看身後的棺槨和里維斯。

一部分海妖好奇地研究著棺槨上的手骨，試圖把它們和其他撿到的骷髏碎片拼起來。另一部分海妖則對沒有氣泡也能在海底活動的里維斯更感興趣，圍著他不斷地伸出手，似乎是想摸摸他的頭髮和臉頰。

里維斯有些狼狽，但在水裡也沒有辦法開口說話，只能擺著手表示拒絕。

看著有海妖拿出貝殼劃開，取出裡面的軟肉遞到里維斯嘴邊，安妮好奇地問：「那是什麼？」

藍色鱗片的海妖舔了舔嘴說：「好吃的。」

安妮又隔著氣泡觀察起了海妖居住的珊瑚礁，指著那上面奇奇怪怪的突起問道：「這是什麼？」

海妖嫌棄地撇開頭，「不能吃的。」

安妮又指著氣泡旁邊渾身是刺的某種植物，「還有這個呢？」

海妖的表情慎重，「吃了會死的。」

安妮有些無奈地笑了，「不是說海妖對海底世界瞭若指掌嗎？你怎麼連這些東西叫什麼名字都不知道？」

海妖似乎反應過來自己被小瞧了，有些惱怒地瞪大了狹長的眼睛，「知道能不能吃不就是很了解了！而且我也知道他們叫什麼，這個叫刺刺球，那個叫小石頭包，還有那個是硬殼！」

安妮笑了，「這怎麼聽都是你現取的名字吧？」

海妖有些心虛地晃了晃尾巴，辯解道：「名字有什麼重要的！」

安妮看了看他平坦的胸部才確認他應該是隻雄性海妖，問他：「那你叫什麼？」

「海涅。」擁有一身漂亮藍色鱗片的海妖回答。

安妮笑咪咪地看向他，「既然你說名字沒什麼重要的，那我叫你小藍，或者是小藍玫瑰、藍蛋蛋魚也都沒關係吧？」

海涅正經八百地思考了一下，隨後點了點頭，確定地說：「嗯，沒關係！」

原本只是調戲他的安妮，笑容僵在了臉上。

忽然海涅歪了歪頭，他提起安妮的氣泡，「跟我走吧，老祭司醒來了。」

「我怎麼什麼都沒聽見。」安妮下意識站了起來。

「人類聽不見的。」海涅解釋道，注意到安妮看向里維斯，隨後張了張嘴，但安妮什麼聲音也沒有聽見。

安妮好奇地問：「你說了什麼？」

「我告訴他們，那是不死族，所以才能在海裡不用呼吸，叫他們不要餵吃的，也不要欺負他。放心吧，等一下我們就出來了。」

安妮不怎麼抱希望地開口：「不能帶他一起去見老祭司嗎？」

海涅愣了愣，「好像也沒說不可以，那就一起吧。」

安妮當場無語，現在她越來越確定，海妖這種傳說中的生物，雖然擁有強大的力量和妖異美麗的外表，性格上卻相當不拘小節，甚至有點傻呼呼的。

怪不得會被奴隸販子抓住，還會被梅斯特那個花花公子拐去當她的嬸嬸，安妮無意識地摩挲一下心口前的鱗片。

安妮和里維斯一起前往會見海妖一族的老祭司。

出乎意料，老祭司的居所居然是個沒有水的巨大氣泡，雖然他們叫她老祭司，但這位海妖看起來依然年輕貌美，有種奇異的聖潔氣質。

安妮好奇地看了看老祭司身上明顯人類風格的長裙，還有布滿淡金色鱗片的雙足。她知道海妖在陸地上也能轉換成這種形態，但在海底也保持這樣的海妖，應該很少見。

老祭司注意到她的目光，微微笑了笑，「這是我的修行。我想也許海妖一族有一天會重回近海沿岸，那時候我們便不得不跟陸地上的種族打交道。」

安妮點點頭，回頭看見海涅正偷著懶，把大半條尾巴泡在氣泡之外的海水裡，只留半個身體探進了氣泡。

看到安妮震驚的目光，他理直氣壯地解釋：「我不是做不了，我只是不喜歡！」

安妮清了清喉嚨，「沒事，你這樣就好。」

——畢竟你沒穿衣服，我也不想看你變成男人。

老祭司招了招手，安妮看見幾個海妖推著那具白骨棺槨靠近了這裡，她溫和的淡金色眼睛看了過來，「我感受到裡面有我們同伴的氣息，我們也嘗試了打開箱子，但沒有成功。」

在他們看來，這具詭異的白骨棺槨也只不過是一只箱子罷了。

安妮點了點頭，「是我之前擔心被人搶走，下了禁制，我可以打開。」

老祭司真誠地朝她行禮，「感謝妳帶回大海的孩子。」

在場的其他海妖也做出同樣的動作。

安妮搖搖頭，「不用感謝，你們也救了我，而且……她說她是我的嬸嬸，完成她的心願是我應該做的。」

她原本想直接詢問梅斯特的事情，但在這位老祭司的注視下，她焦急的情緒似乎得以緩解。

——既然已經到了這裡，該知道的一切都會知道的，不用太著急。

安妮定下心來，看著老祭司打開棺槨，溫柔地注視著忒彌斯的屍身，對周圍的人魚說：「海的孩子終將回歸大海，送她去無盡之海吧。」

海涅看了看安妮，特地為她解釋，「晴海的深處有一條深不可見的海溝，我們把那裡叫做無盡之海。哪怕是海妖靠近那裡都會悄然消失，我們就把那裡當做託付同伴屍體的好去處。妳可千萬別靠近啊！」

安妮點了點頭，「我可不會在海中認路，沒有海妖帶著，我不會亂跑的。那麼，忒彌斯的靈魂，也有什麼特定的去處嗎？」

老祭司收回視線，「每個靈魂，最後都會回歸冥界。」

安妮小聲說：「但是她的靈魂現在在我這裡。」

她有點不確定這些海妖會不會覺得她褻瀆同伴的屍體，但看起來他們目前並沒有什麼反應。

老祭司微笑著看她，「那麼她的靈魂想去的地方，應該已經告訴妳了，不是嗎？帶她去她想去的地方吧，去梅斯特的靈魂身邊。」

安妮用力眨了眨眼，不想讓人看出自己的悲傷，「您也知道梅斯特嗎？請您告訴我，他是怎麼死的？我查看聖光會的資料，那裡並沒有記載他的死亡，只記載他想要利用海妖的骸骨作惡，然後逃脫。」

「什麼！簡直是胡說八道！」海涅憤憤地拍打著尾巴，「他才沒有……」

「海涅。」在老祭司溫柔的注視下，海涅沒了聲響，默默把頭擠出氣泡，在海水裡不怎麼開心地咕嚕咕嚕吐泡泡。

「這是一個稍微有點長的故事，坐下吧，我慢慢說給妳聽。」老祭司的嗓音似乎具有撫慰人心的力量，安妮默默地坐下了。

里維斯沉默地站在她的身後，看著她的背影，心情有些複雜。

他依然幫不上什麼忙，她的敵人比他想像中更為強大，他現在的力量根本做不了什麼。

安妮取出那枚鱗片，將她放在自己身邊，忒彌斯的靈魂悄悄冒出了頭，朝老祭司行了一禮，也乖巧地坐在了安妮身邊。

老祭司朝他們點了點頭，開始講述那個有些長的故事。

「聖光會沒有記載，是因為梅斯特不是作為一個亡靈法師死去的，他是作為一個反抗者死去的。」

Getaway Guide for Necromancer

CHAPTER 9

【七大災】

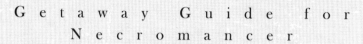

「海妖一族從百年前開始，就不再靠近海岸線，舉族搬遷到更深的海域，避免和人類接觸。但總有天真的孩子想去人類的世界看看，人類的大船讓他們心生嚮往，就連炮火也讓他們覺得新奇。因此，偶爾也會有人類捕獲海妖的事件發生。

「海妖一族信仰生命女神，神賜予我們蘊含強大生命力的血肉，我們擁有悠長的壽命、強大的自癒能力，以及無法割捨的好奇心。在人類看來，我們的血肉，或者我們的存在本身，就是相當有價值的高價品。」

安妮垂下眼睛，「梅斯特曾經告訴我，世界上並不存在完美的種族，亞獸人難以克制自己的獸性，海妖有無法磨滅的好奇心，還有人類的種種欲望，都是造物主特意留下的缺陷。因為完美無缺的，只有神明。」

「很有意思的見解。」老祭司露出微笑，繼續講述她的故事，「我們和梅斯特相遇的那天，我們正打算襲擊一艘商船。那艘船上有我們的族人，只要還沒有離開海面，我們不會放棄任何一個海的孩子。

「但我沒有想到，有人來得比我們更早。那艘船燃起了大火，一片混亂中，奴隸們爭先恐後地從船上跳下來。有個戴著黑色高禮帽的男人，高聲呼喊著『自由的靈魂』，然後抱著那個被拐走的孩子義無反顧地跳進了大海。

「失去了所有的奴隸後，那艘商船開了火，他們開始攻擊所有逃走的奴隸。我們召喚海浪掀翻船隻，把所有奴隸送去海岸邊，包括梅斯特。

「但梅斯特想救的那個孩子，最終還是沒有救下。他已經太久沒有吃東西，海妖也是傲慢的種族，我們不會接受別人的飼養。所幸，他最後的時刻是自由的。」

安妮點了點頭，她想起那個狹小木盆裡的忒彌斯，她也已經沒有了求生的意志。

安妮心裡其實明白，海妖們越是難以被捕獲，反而會越顯得珍貴。當人們知道，花大價錢從奴隸商人手裡買到珍貴的海妖，也只能眼睜睜地看著他一天天虛弱下去、一點點消逝，這反而會刺激人的征服欲。對於某些什麼都不缺的人來說，越是得不到的，越是值得去得到。

老祭司露出悲傷的神色，「直到被海浪沖到海岸邊，梅斯特仍然緊緊抱著那個孩子。他似乎對於自己沒能救下那個孩子十分自責，他守在他的骸骨旁，為他彈奏豎琴。他彈奏的是海妖的曲子，我想應該是那個孩子教給他的，我想他或許並不知道，他已經得到了海妖的友誼。

「我們並沒有計畫接觸他，只是打算以後在海上遇見，會盡量給他一些幫助。忒彌斯的任務，是去把那個孩子的屍體帶回來，但她躲在礁石後面，看著那個戴高禮帽的男人，居然對他產生了愛慕。」

安妮的視線忍不住看向忒彌斯，忒彌斯看起來並沒有什麼不好意思，她舒展了一下自己的身體，甜蜜地笑了。

老祭司無奈地搖了搖頭，「我們也不知道聖光會從哪裡知道梅斯特是亡靈法師的消息，他們一路追到晴海邊緣，試圖抓捕他。他們應該是見到海妖的骸骨，才懷疑梅斯特是想要驅使亡靈海妖吧。

「忒彌斯沒忍住，直接出手幫忙。我們是大海的孩子，在海中沒有人是我們的對手。在她的幫助下，梅斯特逃過一劫。忒彌斯告訴梅斯特，自己要把那個孩子的骸骨送去無盡之海，讓他在晴海邊等她，她想和他一起在南部大陸流浪。」

安妮忍不住想像起梅斯特那時候的表現。

他從來都是個花言巧語的傢伙，那時候是說著甜言蜜語發誓一定會跟她永遠在一起呢，還是假裝傷心說即使她再也不回來，自己也會在海邊變作一塊石頭永遠等待她呢？

老祭司說：「梅斯特告訴忒彌斯，人類的世界對海妖來說太過危險了，但忒彌斯已經下定了決心。她告訴梅斯特，即使他離開了，她一個人也會踏上旅程尋找他。」

安妮愣了愣，沒想到梅斯特說的是這樣的話，她忍不住笑了笑，「也對，梅斯特雖然平常是個吊兒郎當胡鬧的傢伙，但在關鍵時刻，一直是一名溫柔又可靠的大人。」

忒彌斯認真地點了點頭，似乎十分贊同她的話。

老祭司也笑了，「梅斯特只好等著她。他們就一起在南部大陸流浪，偶爾會襲擊海面上運送奴隸的商船，把奴隸放走，就像是人類故事裡的俠盜。」

故事講到這裡，安妮忽然有一種預感，接下來就要發生悲傷的事了。

忒彌斯不再微笑，眼中流露出悲傷，老祭司也沉重地嘆了口氣，「他們的舉動，惹怒了奴隸貿易背後的大人物，那些人為他們準備了一個陷阱，一個他們一定會上鉤的陷阱。

「他們用一條船，運載了一具海妖的骸骨，宣稱即使是死去的海妖，也有很大的價值，要把他送往鍊金術師塔進行研究。梅斯特和忒彌斯上鉤了，他們被抓住了。」

安妮的拳頭一下子握緊了。

「梅斯特被殺死，屍身丟入大海，忒彌斯被當做高價品帶走。每一位被當做商品的海妖，都會輾轉於許多奴隸商人手中——總有人覺得自己或許能夠馴服海妖。」

安妮看向忒彌斯，「恐怕奴隸商人列恩接手忒彌斯的時候，她的狀態應該已經相當差了，不然他也不會捨得販賣她的血肉。」

忒彌斯微微點頭，看起來並不在意自己曾經所受的苦楚，她溫柔地伸出手，拍了拍安妮的額頭，似乎還反過來安慰她不要難過。

剛剛還緊繃著的安妮，差點因為忒彌斯這個動作當場哭出來，她用力吸了吸鼻子，「這是梅斯特的習慣動作，他安慰人的時候總是喜歡拍別人的額頭。」

看她一副快哭出來的樣子，在場的人和海妖都手忙腳亂起來，里維斯學著忒彌斯的樣子伸出手，也摸了摸她的腦袋。

海涅嘩啦一聲從海裡鑽進氣泡，有些維持不住平衡地擠過來，也伸手揉她的頭。就連溫柔而聖潔的老祭司也跟著站起來，擺出一副像是在撫摸什麼聖物的模樣，摸了摸她的腦袋。

安妮被他們圍在中間，有些哭笑不得，「幹什麼呀，你們！」

這下子她真的哭不出來了。

海涅好奇地湊近看她的臉，「掉眼淚了嗎？」

安妮板起臉，「沒有，被你們揉回去了！」

里維斯默默把安妮往後拉一點，跟這隻不知道保持社交距離的雄性海妖隔開一點。

老祭司溫柔地看著安妮，「這就是梅斯特和忒彌斯的故事，也是我們眼中梅斯特的模樣。託他的福，我們海妖一族對亡靈法師也格外有好感，如果妳需要什麼幫助，可以告訴我們。

「妳和他很像，安妮。既善良又瘋狂，還很會惹麻煩。」

安妮抬起頭看向她，露出微笑，「梅斯特是我的叔叔，雖然他總是說他還年輕，讓我叫哥哥。他教過我很多東西，我確實很像他，也很榮幸我很像他。」

老祭司溫和地看著她，像是在告誡什麼，「妳要小心，安妮。」

安妮探究地看向她，老祭司卻沒有再多說什麼，只是用溫和而智慧的目光看著她，示意她可以接著問其他的問題。

里維斯看了安妮一眼，替她開口問：「海妖一族為什麼從百年前開始避世？這個時間點，是有什麼特殊之處嗎？」

「看樣子，你們已經知道些什麼了。」老祭司點了點頭，「百年前，我們接受到了神諭。」

安妮眉頭一跳，「命運神的神諭？」

海涅不假思索地回答：「我們又不信奉命運神，我們信奉生命神，得到的當然是生命神的神諭了！」

「準確來說，是生命神向我們透露命運神的神諭。」老祭司取出了一顆巨大的珍珠，「你們親自看看就會明白了。」

老祭司閉上眼，撫摸著這顆珍珠，虔誠地禱告：「憐愛世人的生命之神，您的信徒祈求您的指引。」

周圍忽然霧氣瀰漫，安妮幾乎看不見身邊人的面孔，忽然白霧隱隱散去，她猛然發現自己正站在命運神殿中央，站在一群紅衣主教中間！

安妮嚇得差點直接動手，但她發現「自己的身體」並不受控制，另外，這好像根本不是她的身體，她只是借了某一位紅衣主教的眼睛，暫且有幸偷聽到命運神的神諭。

紅衣主教之上站著教皇，由於這位主教虔誠地低下頭，安妮也沒辦法看清教皇的樣子，只是能感覺到他異常強大，宛如神明。

很快安妮便意識到，在場的這位，或許確實稱得上是神——教皇引動了神降，命運神的意志正附著在他身上，親自降下神諭。

「七大災正在降臨。」

「當海妖的歌聲捲起巨浪之時，當世界之樹不再孕育新的生命之時，當亡靈的軍隊生生不息之時，當反叛的騎士向神明揮劍之時，當背叛者加冕爲王之時，當火龍復甦之時，當魔王降臨之時，世界即走向終結。」

安妮牢牢把這幾句話記在心中，腦海中念頭紛雜。她的家人們，會不會一開始就知道這個關於「七大災」的預言？

不然為什麼他們要宣稱去滅世，又碰巧出現在世界之樹所在的翡翠之城，出現在海妖出沒的南部大陸，出現在魔族居住的魔土？

但如果他們早就知道了，為什麼什麼都沒有告訴她？

身邊的霧氣逐漸消散，但安妮呆呆地站在原地，似乎怎麼也想不明白。

「安妮？安妮！」

里維斯叫了她幾聲，她才如夢初醒地抬起頭。

老祭司溫和地看著她，「百年前，我們得到了神諭。那時候的我們居住在晴海邊緣，還算跟人類有一些接觸，明白命運神殿不會坐以待斃。我們退居深海，也是擔心人類相信七大災的預言，為了防止災禍而獵殺海妖。」

里維斯皺起眉頭，「仔細一想，百年前，亡靈法師雖然不討人喜歡，但在記載裡也不完全跟邪惡掛鉤，更多是被人評價為古怪。根據金獅帝國王族內部的記載，百年前正是命運神殿頻繁接觸各個王國貴族的時候，關於亡靈法師的禁令也是那個時候頒布的。所以，這一切很有可能都是命運神殿接受神諭之後，暗中推動的。」

安妮閉了閉眼，把紛雜的念頭壓下去，只去思考眼前的事情，「昨天你們來救我們時，我聽見了海妖的歌聲，你們也捲起罕見的大浪，命運神殿的人當時就在場，他們會不會把這當成七大災預言應驗的開始？」

老祭司的臉色凝重起來，海涅不解地歪了歪頭，「什麼意思？以後不可以召喚風浪了嗎？還是以後不可以唱歌了？」

安妮搖搖頭，「我的意思是，我們究竟是不是七大災，決定權不在我們手上，而在他們手上。如果他們認定我們就是七大災，就算我只是露一個面，你只是潑他們一身水，我們依然會被當成隱患肅清。」

老祭司垂下眼，「所以我們躲進了深海。」

安妮輕聲問：「這裡就一定安全嗎？被處刑的亡靈法師大部分都處於隱居狀態，我們在無人的深山、沼澤處搭建了簡陋的法師塔，但他們依然會排除萬難找出我們，殺死我們。」

「那些人沒辦法來深海吧？」海涅有些不安地晃了晃尾巴，隨後一副很仗義的樣子拍了拍安妮的肩膀，「對，他們進不來，妳也可以留在這裡，我們會保護妳的。」

老祭司沉思許久，最後嘆著氣，點點頭，「妳說得對，即使這裡也不一定是安全的。」

海涅惴惴不安地看向她。

老祭司露出回憶的神色，「幾十年前，人類還完全不是我們的對手，即使是驚才絕豔的大法師、天賦絕倫的名劍客，在海上也不敢招惹海妖。但不知道什麼時候起，他們造出了能夠穿越大海的大船，船上裝載的武器已經能夠擊穿我們的鱗片。也許再過不久，他們真的會有辦法深入海底，找出我們的藏身之所。

「我們已經退到了無盡之海的邊緣，再往後……也退無可退了。」

里維斯盯著她，「那你們沒有任何打算嗎？」

老祭司微微嘆氣，「其實從梅斯特和忒彌斯開始解放海上的奴隸時，我們就不斷討論著重回海邊的可能性。我們考慮過成為那個善良的亡靈法師的同盟，甚至考慮過庇護那些無家可歸的奴隸。

「但我們畏懼命運。命運神是最捉摸不透的神祇，也許我們不知不覺就已經踏上了既定的命運。」

里維斯看了看她，「但是您刻意生活在氣泡裡，保持著陸地生活的面貌，不就是您還想回到海岸邊的證明嗎？」

老祭司沉默了下來，並沒有反駁。

安妮微微行禮，又露出了平時的笑臉，看起來她已經調節好情緒了，「抱歉，是我有些衝動了，我並不是想要指責海妖的避世。只是我現在一肚子火氣，恨不得有人跟我一起打進命運神殿內部，把什麼故弄玄虛的神明和教皇通通踩到腳底下，指著他們的鼻子說——『要不是你們到處招惹是非，誰想當什麼七大災啊』！」

海涅幻想著安妮描述的畫面，煞有其事地跟著點頭。

里維斯有些無奈地看著她，「安妮。」

安妮聳聳肩，垮下臉小聲說：「我就是想想，想想又怎麼了。我知道一切需要從長計議，但是祭司閣下，我想您也明白，總有一天海妖得進行反抗。同為倒楣的七大災同伴，我們可以合作的地方應該有很多。」

老祭司沉默了半晌，最後對海涅點頭，「海涅，你帶著客人們去梅斯特的沉眠之地吧，我需要召集所有同伴，計畫一下海妖一族的未來了。」

海涅對自己被排除在全民大會之外沒有絲毫意見，歡快地拍著尾巴把安妮又塞進了氣泡裡，「交給我吧！我能帶他們去狩獵場也看看嗎？我想去找點新鮮的食物！」

老祭司有些無奈地看著他，「去吧，別帶著客人去危險的地方，別太晚回家。」

「知道了！」海涅一手安妮氣泡，一手里維斯，一個擺尾就竄了出去。

安妮坐在氣泡裡，憐憫地看著被毫不憐惜地泡在水中的里維斯，忍不住開口：「讓里維斯也進來吧。」

海涅有些困惑，「啊，可是他不是已經死了嗎？又不用呼吸。」

安妮抗議道：「但是他看起來也太可憐了！」

里維斯泡在水裡，沒辦法開口說話，只能無奈地用藍寶石般的眼睛看向安妮。

海涅略微思索，就順手把里維斯塞進氣泡，「好吧，反正也不費事，你們人類奇奇怪怪的想法可真多。」

安妮真誠地回答：「我覺得你們海妖，也很特別。」

「那當然了！」海涅顯然把這當成了真誠的讚美，高興地兩手抓住氣泡，帶著他們在海中飛馳而去，「梅斯特的屍身被我們安置在無盡之海附近，我們不確定人類會不會想要進入那裡，忒彌斯也還沒有回來，正不知道怎麼讓他安眠呢，幸好妳來了。不過我們也感受不到人類的亡靈，不確定他的靈還在不在原地。」

安妮點了點頭，「如果不是被封印，亡靈法師的靈能在人界停留很久，就算已經去了冥界也不要緊，只要有屍身在，花點工夫我就能把他從冥界重新找回來。」

里維斯似乎有所觸動，「已經去了冥界的亡靈也能重新召喚出來嗎？」

安妮點點頭，「但是需要花一點時間，特定的儀式加上指向性的言靈，就能找回你想見到的亡靈。如果只從冥界召喚『梅斯特』，可能會叫來別的名為梅斯特的亡靈。如果我再加上一些特定的描述詞，召喚『我的家人，亡靈法師梅斯特』，那麼多半就會真正指向他了。」

里維斯點點頭，若有所思，「那這樣的話，我們想要知道命運神殿的密辛，或許可以考慮召喚命運神殿的亡靈？」

「很有想法，但這有個問題。」安妮笑了，「能起作用的言靈必須與『我』有關。你應該聽過那個著名的事件，亡靈法師找到傳說中蠻王的後裔，脅迫他們幫助自己完成儀式，試圖召喚蠻王的亡靈。」

里維斯神情肅穆，「這件事我聽說過，是很久前發生的了。他並沒有成功，那位自稱蠻王後裔的流浪漢只是個騙子，他欺騙亡靈法師，也騙了趕去準備大戰的所有人。」

安妮點點頭，「畢竟蠻王已經是傳說中的人物了，但理論上，只有蠻王的後裔才有資格以血脈為聯繫，說出『我的先祖，蠻王卡薩』的言靈。」

海涅也很感興趣地聽著，插嘴問：「那麼，妳是不是可以幫我召喚我母親的亡靈？」

安妮愣了愣，神色溫柔下來，「你想和她說說話嗎？」

海涅認真地點頭，「我要問問她到底把我的零嘴藏到哪去了，我翻遍所有珊瑚礁都沒有找到！」

「……」安妮溫和的笑意僵在臉上。

里維斯有些無奈，「咳，冒昧問一下，您的母親是在什麼時候過世的呢？」

海涅歪著頭回憶，「有兩百年了吧？還是三百年？」

里維斯努力不讓自己的表情看起來很失禮，「……我想你的零嘴應該沒有海妖那麼漫長的壽命，一定已經不能吃了，還是算了吧。」

安妮倒是直接瞪大眼睛，不可思議地說：「那你已經活了幾百年了？」

海涅得意地甩了甩尾巴，「沒錯，我快五百歲了，跟那些剛出生沒多久的小海妖可不一樣！」

安妮目光複雜，毫無感情地敷衍，「啊，那可真是了不起。」

快五百歲還天真得像五歲的孩子，確實是相當了不起，不過海涅顯然沒聽出她的言下之意。

安妮注意到，海涅似乎帶著他們往更深的海域游去，海水的顏色逐漸變得更深，海面上的光似乎根本照不到這裡。

正調戲著傻蛋蛋魚的安妮忽然皺了皺眉頭，她好像聽到某種召喚。

「傻……咳，海涅，你有聽到什麼聲音嗎？」

海涅側耳聽了聽，隨後驕傲地挺起胸膛，「有喔！我們海妖的聲音能順著大海傳遞很遠，我在這裡也能聽見老祭司的聲音喔！」

「我不是說這個。你有沒有聽見一個陌生女人的聲音，她好像在讓我往……」安妮轉頭看向墨一般的寂靜海域，「她在叫我往那裡去。」

海涅立刻瞪大眼睛，警覺地一把拉住安妮，「那裡是無盡之海，妳不能過去！奇怪，從來沒有人聽過無盡之海裡傳來聲音啊？」

安妮帶著笑意看向海涅，「這裡就已經是邊界了嗎？再過去一點點也不行嗎？」

海涅有些為難，「不，還能再進去一點點，但是、但是祭司說了不能帶你們去危險的地方！」

安妮看他態度堅決，忽然眼珠一轉，問他：「你想嘗嘗人類的食物嗎？」

海涅十分硬氣地轉頭，「我們才不會接受人類的飼養！」

安妮帶著笑意，用哄小孩的語氣說：「不，這當然不是飼養，這是人類朋友給你的禮物，你不想嘗嘗嗎？」

海涅的尾巴明顯心動地晃了晃，他好奇地看著安妮從斗篷口袋裡拿出一塊麵包，勉為其難地把腦袋擠進氣泡裡。

「就嘗一點點。」

安妮露出和藹的笑容，「好的，來，張嘴。」

「啊——」海涅露出一口尖利的獠牙，里維斯的眉頭跳了一下，下意識看向安妮。

安妮的表情沒什麼變化，有些好奇地打量一下他細密的牙齒，撕下一小塊奶油麵包丟進海涅的嘴裡。

他簡單地咀嚼了幾下，瞇起眼似乎在回味，隨後把大半個身體都擠進氣泡裡，歡快地甩著尾巴，「再來點！」

就算這個氣泡夠大，一下子擠進三個人也十分夠嗆，里維斯在他就要擠到安妮身邊時，伸手按住了海涅的腦袋。

海涅一點也不在意，眼睛亮亮地看著安妮，「給我麵包！」

安妮一邊撕下麵包，一邊有點懷疑自己慫恿海妖回到近海是不是正確的決定，畢竟從傻蛋蛋魚的表現來看，他們這個種族也未免太好騙了。

——不，也不能以傻蛋蛋魚來當標準，他應該在整個海妖族裡都算是比較傻的了。

吃了安妮的麵包之後，海涅變得極好說話。

在確認麵包泡進海水裡就沒有那麼好吃了之後，他忍痛把剩下的麵包交給安妮保存，帶著他們更加靠近無盡之海。

海涅拉著他們兩個，模樣明顯比剛剛慎重很多，告誡道：「等一下如果有任何不對勁，我會立刻帶著你們回去。」

安妮看他慎重的樣子也沒有大意，抬手在海底召喚出一隻骷髏手當做標幟，「遇到危險我也會帶著你們直接傳送，不用擔心。」

越是靠近無盡之海，安妮聽見的聲音就越清晰，一個不帶任何感情的女聲呼喚著她，告訴她：「**安妮，去找世界之樹。**」

安妮瞪大了眼睛，不相信在這片海底居然會有人在喊她的名字，她下意識警戒了起來。

但身邊的兩個人像是什麼都沒有聽見，海涅不安地催促她：「好了吧，這裡什麼都沒有，快走吧！」

「但是……」安妮還來不及說自己感受到的異常，昏暗的無盡之海忽然亮起了光。

不是聖光會那種聖潔而刺眼的光芒，反而是讓人忍不住想靠近的溫暖的光。所有人都看見了這團光，海涅已經做出了逃跑的姿勢，忽然又停了下來，露出了有點困惑的表情，「我好像感受到了熟悉的氣息。」

安妮問他們，「等等，你們現在能聽見聲音了嗎？」

里維斯點點頭。

海涅忍住逃跑的衝動，側耳仔細聽，不帶感情的女聲繼續重複：「**安妮，去找世界之樹**。」

海涅的表情立刻激動起來，「這是女神的聲音，是生命女神的神諭！」

安妮的表情略顯古怪，「生命女神？祂為什麼會喊我的名字……」

海涅篤定地說：「神自然是什麼都知道的！」

安妮打量著那團溫和的光芒，瞇起眼想看看能不能看清女神的尊容，但無論她怎麼努力，始終連個模糊的影子都看不見。

里維斯也皺起了眉頭。

他在金獅帝國長大，並不信仰任何神明，但作為王室成員，和各個教會的關係都還不錯。如果是在以前，親眼見到這樣的神降，他應該也會對神明獻上敬意。

或許里維斯自己也沒有意識到，他現在更傾向於相信自己雙眼看到的東西，而不是憑藉著以前的印象做出判斷，他下意識地懷疑這裡面會不會有什麼陷阱。

里維斯理智地提問：「我記得老祭司見到的生命女神神降是顯現在那顆珍珠上，為什麼在沒有任何媒介的無盡之海，生命女神會直接降下神諭？」

海涅有些困惑地歪了歪頭，「為什麼……」

安妮瞇起了眼睛，「是啊，如果是真的生命女神，為什麼不透過老祭司告訴我們？不會是命運神的詭計吧？也不知道命運神是男神還是女神，萬一祂假裝女神想騙我們過去呢！」

海涅愣住了，「神還會騙人嗎？」

安妮挑了挑眉毛，「神為什麼不會騙人？」

「好像也確實沒有說過神一定不會騙人。」海涅簡單思考稍許，居然很快就被他們說服了，看起來似乎在真心實意地感嘆，「神還會騙人啊，好了不起！」

里維斯告訴自己不要深究海涅在想些什麼，但還是忍不住問：「為什麼了不起？」

海涅澄澈的目光看過來，「我就不會騙人啊，會騙人多了不起！」

剛剛哄騙了這隻天真海妖的安妮，突然覺得自己的良心有點刺痛，心虛地看向了另一邊。

里維斯真誠地感嘆：「……我覺得還是你比較了不起。」

海涅笑了，催促著他們離開，「不管是誰的神諭也都聽完了，走吧，我帶你們去梅斯特的沉眠之地。」

離開的路上，安妮和里維斯都思考著無盡之海的異狀，沒有出聲，海涅有些無聊地圍著他們轉了一圈，不甘寂寞地開口：「你們之後要去找生命之樹嗎？」

安妮回過神，「遲早要去的，我家人的屍骨在那裡。」

海涅理解地點點頭，「那必須去帶他回家才行，對了，你們見過精靈嗎？我聽說那是非常美麗的種族，他們也有漂亮的鱗片嗎？」

安妮摸了摸下巴，「這我倒是也沒有見過，不過我想應該沒有鱗片。」

「咳，我曾經見過精靈。」里維斯清了清喉嚨，「他們確實是十分美麗的種族，不過因為精靈都是從世界之樹上誕生的，不用繁衍，所以根本沒有性別之分。我當時也相當為難，不知道該稱呼他為『先生』還是『小姐』。」

「啊，沒有鱗片啊。」海涅顯然相當失望，他又好奇地問，「那精靈的缺點是什麼？不是說各個種族都有缺點嗎？」

里維斯皺了皺眉，「這……我覺得他們看起來已經是相當完美的種族了。」

安妮開口：「這個我倒是在記載上看到過，他們的缺陷似乎是絕對的善惡之分。精靈無法容忍任何一點缺陷，哪怕是偷一塊麵包在他們眼裡也是十惡不赦的。」

海涅想了想麵包的滋味，又想了想如果自己的麵包被偷了，忍不住凶狠地附和：「沒錯，偷麵包就是十惡不赦！」

安妮突然覺得她好像舉了一個失敗的例子。

里維斯考慮著路線，「如果我們要去翡翠之城的話，可以拜託海妖一族送我們去東部大陸。從海中走，也許是最安全的路線了。」

「嗯。」安妮贊同地點點頭，「不過，我也不打算馬上過去，神明都關注著的地方，肯定會有大事發生的。我總覺得這個世界有誰在操縱著一切，我們了解的太少了。

「更重要的是，雖然不知道剛剛顯現的是哪位神靈，但總覺得我不能那麼老實聽祂的話。」

海涅露出了困惑的表情，「啊？為什麼？」

安妮抬了抬下巴，惡狠狠地說：「這是我身為滅世的七大災之一，對神明應有的壞態度。」

里維斯忍不住笑了，「妳怎麼像個鬧彆扭的小孩子，妳這是生氣了嗎，安妮？」

安妮憤憤不平地抗議：「任誰突然被冠上這種倒楣稱號都會生氣的！」

海涅眨眨眼，「啊，我覺得還好啊？」

安妮瞥他一眼，突然有點洩氣，「你就算被人家叫藍蛋蛋魚、傻蛋蛋魚都不會生氣，你肯定不能理解。」

她低下頭，忒彌斯的魂靈從鱗片裡隱約浮現，看樣子已經接近了。

安妮深吸一口氣，有些不安地說：「等一下，海涅，你游慢一點。」

海涅困惑地停了下來，「怎麼了？前面沒有危險啊。」

「不是，我只是要做一點心理準備。」安妮無奈地笑了笑，「算了，也沒有關係，就算做再多準備我到時候恐怕也會忍不住掉眼淚。咳，之後誰都不許把我哭出來的事情說出去！」

海涅向她提議道：「妳可以直接泡進海裡，這樣就算掉眼淚也看不出來了。」

安妮神情複雜地看他一眼，「我怎麼沒想到呢，你可真是一個智慧的小海妖。」

安妮看見海涅指向的地方，海底的沙地上擺了一圈各式各樣的貝殼，上面插著一枝漂亮的珊瑚。

海涅說：「就是這裡了，祭司說人類死後要有個墳墓，我們就給他也搭了一個。」

安妮看見這個特別的海底墳墓，眼睛已經開始泛酸了，她低聲道謝：「謝謝，這個很漂亮，這是我見過……最漂亮的墳墓。」

「嗯，我們都是挑最漂亮的貝殼！」海涅驕傲地挺起胸，好奇地貼到氣泡邊緣，「他就埋在下面，妳怎麼這就哭起來了？」

里維斯低聲說：「他的靈就在那裡。」

海妖並不能看見人類的亡靈，安妮卻能清楚地看到，一名戴著高禮帽的青年就站在他的「墳墓」前，摘下高禮帽優雅地朝她行了一個禮，「真沒想到在我前往冥界之前，還能見到妳，安妮。」

安妮用力抽了抽鼻子。

忒彌斯張開雙手朝他游過去，梅斯特趕緊張開雙手，「喔，小心點親愛的，妳不小心就會從我的身體裡穿過去的。」

海涅著急地轉圈圈，「我怎麼看不見？讓我也看看嘛，安妮！」

安妮一邊抽鼻子醞釀眼淚，一邊把手覆蓋在他的眼前，再拿開的時候，海涅就發現了眼前看見的景象有所不同，忒彌斯和梅斯特就站在他的眼前。

受到他們之間的氣氛影響，海涅也不說話了，連擺尾的動作都變得輕柔。

安妮的眼淚終於掉了下來，梅斯特才剛虛虛抱住自己的愛人，此時看見安妮哭了起來，又有些手忙腳亂，他似乎想要伸出手揉揉她的腦袋，但想起自己現在只是亡靈，就算這麼做，也並不能觸摸到她。

他有些無奈地笑了，「怎麼了，安妮？妳都自己離開了黑塔，來到這麼深的海底了，我還以為妳已經成為一個了不起的大法師了，怎麼還是愛哭的小丫頭呢？」

安妮知道這是他一貫的激將法，但她才不吃這套，她仰起頭嚎啕大哭，好像要把這麼久以來假裝堅強，所受的委屈全部倒出來，邊哭邊控訴：「你們把我一個人丟在黑塔裡！明明說只是小考試，結果我要看完黑塔裡所有的卷軸才能出來！最後你們留給我的信裡還說什麼要去毀滅世界！

「說什麼毀滅世界啊笨蛋叔叔！一副了不起的樣子，結果還不是你自己先死掉了！」

梅斯特板起臉，「喂喂，安妮，就算要罵我，也只許罵笨蛋哥哥！笨蛋叔叔是什麼意思啊！」

安妮紅著眼睛瞪他，「笨蛋叔叔、白痴叔叔、戴高禮帽冒充高個子叔叔！」

「越來越過分了啊，最後那句明顯是媞絲教妳的吧！我戴高禮帽才不是為了身高，這是紳士的優雅！」梅斯特瞪大眼睛顯得有些氣急敗壞，隨後他放緩了語氣，「好啦，別哭啦，小可憐。謝謝妳把忒彌斯帶來，安妮也變成了不起又可靠的大法師了啊。來，看看我們站在一起很配嗎？」

忒彌斯立刻抬頭挺胸配合。

安妮抹了抹眼淚，用力點頭，「很配！」

在場的人和海妖同時露出了笑臉。

Getaway Guide for Necromancer

CHAPTER 10

【小怪物】

里維斯伸出手，輕輕拍了拍安妮的腦袋，有點無奈地哄她，「別哭了。」

梅斯特饒有興趣地打量著這名年輕人，又打量著難得安靜又老實的海涅，忍不住露出揶揄的笑容，「我們安妮也長成了會引發腥風血雨的漂亮淑女了啊，俊美的金髮騎士和妖異的藍鱗海妖，嗯，是能寫成詩篇傳唱的浪漫發展啊！」

海涅不明所以地甩了甩尾巴，里維斯有些尷尬地清了清喉嚨，「梅斯特先生，我已經死了。」

「哦，這麼巧啊，我也已經死了，但這又有什麼要緊的呢，死亡怎麼會是愛的阻隔？」梅斯特不甚在意地笑了，「就像我跟小安妮，我們並沒有血緣關係，但我們依然是家人。」

里維斯並不意外，他早就有過這樣的猜測。在他看來，如果一家五口都是亡靈法師，反而會讓他覺得更奇怪。更何況，之前安妮提起過叔叔、奶奶，卻沒有提及過父母，怎麼想都會覺得這是一個不符合常理的「家庭」。

安妮擦乾淨眼淚，氣呼呼地往氣泡裡一坐，「你們什麼都沒告訴我，什麼七大災，還有一百年前的事，我什麼都不知道，明明我把黑塔裡的資料都看完了！」

梅斯特笑了，「因為我們把那部分資料帶走了嘛，妳肯定找不到的。我原本以為妳至少會在黑塔裡待上十年，沒想到妳這麼快就出來了。

「我還以為，等妳出來的時候，我們一定已經把一切都處理完了。」

安妮抱住自己的膝蓋，「我很努力才這麼快出來的，你們到底打算做什麼？」

梅斯特沒有立刻回答，他似乎有些苦惱。

里維斯看了看安妮，替她開口詢問：「你們打算順應七大災的預言，把這個世界毀滅嗎？」

梅斯特笑著說：「看樣子你們已經知道了不少。我們確實打算聯合七大災預言中的種族，毀滅現在的世界，構建新的秩序。但很可惜，我們對敵人的勢力預估失誤了，命運神殿有真的神明庇佑，憑我們這樣的凡人，根本沒有辦法抵抗。

「安妮，雖然妳特地來這裡一趟，但很抱歉，我並不打算離開了。好心的海妖們給我們選了一個非常不錯的沉眠之地，我就打算留在這裡，直到和忒彌斯一起回歸冥界。」

安妮盯著他，「我總覺得你有什麼事情瞞著我。」

梅斯特誇張地笑了，「哇，安妮，妳也跟媞絲一樣，變成了什麼嘀咕著『女人的直覺』的傢伙啦？我可沒藏什麼祕密。好啦，雖然很可惜，但我們的計畫多半失敗了，妳現在要做的，就是努力避開命運神殿和聖光會活下去。」

安妮垂下眼，篤定地說：「你想打發我走。」

梅斯特語氣浮誇道：「哦，妳怎麼會這麼想呢，妳永遠是……」

安妮語氣生硬地打斷他，「戈伯特已經死了。媞絲和里安娜去了魔土，雖然聖光會沒有記載她們已經死了，但也不能完全放心。畢竟聖光會也沒有記載你死了，但你還是被沉了海。

「如果她們死在魔土，不知道會不會有好心的魔族也給她們一個墳墓。」

梅斯特垂下眼，幽幽地嘆了口氣，「這樣啊，戈伯特失敗了。如果魔族到現在還沒有大舉入侵，那麼里安娜和媞絲也多半沒有成功，我們的計畫確實失敗了。」

安妮看向他，「我能做到。梅斯特，我會去尋找大家的蹤跡，我會完成你們還沒有完成的事。我會拜訪七大災預言裡的所有種族，和他們組成同盟，我們可以就以晴海邊界為聚居地，建立自己的國家！無論是魔族還是亡靈法師，都可以在這裡自由生活，我會為大家搭建一個活下去的地方的。」

「安妮。」梅斯特神色溫柔地看著她，「南部大陸是一個很不錯的地方，這裡有很多好吃的點心，妳都嘗過了嗎？

「妳怎麼還穿著那身黑袍？換一身漂亮的裙子吧，妳這個年紀的女孩子，無論穿什麼顏色都會像花一樣美麗。就像這個大陸上所有的小女孩一樣，漂亮又普通地活下去，不好嗎？」

安妮低下頭看了眼自己身上的黑袍，「……這是里安娜做給我的，裡面的每個口袋都有一個小型空間魔法，可以藏很多東西。我擔心萬一我不在家，聖光會找到黑塔，把那裡破壞掉，我就把所有能帶的東西都帶上了。

「里安娜的針線盒，媞絲的香水和香粉，戈伯特的菸草，你的東西最多！肯定是看到什麼有意思就買回去了。我把這些不知道能不能派上用場的東西都帶上了，現在你要叫我別管你們，把你們都丟下嗎？明明是你教我的，永遠做自己覺得對的事。」

「唉！」梅斯特苦惱地嘆了口氣，「雖然我很感動妳把我的話記在心上，但妳這個一根筋的性格絕對是跟戈伯特一脈相承的。

「安妮，如果妳一定要參與這件事，那我就會把一切都告訴妳，包括妳也許不想知道的事。妳真的做好準備了嗎？」

安妮跟他目光交匯，沒有挪開視線。

「啊啊，出現了，戈伯特的影子，安妮妳再這樣會變得跟他一樣，長出兩撇不對稱的小鬍子喔。」梅斯特不怎麼正經地威脅了一句，隨後嘆了口氣，難得正色起來，「安妮，妳有沒有懷疑過自己為什麼會這麼強大。」

安妮沒有出聲，她忽然有一種預感，這就是梅斯特說的，她或許不想知道的那部分真相。

「妳不覺得奇怪嗎？明明我們年紀比妳大，但妳從很小的時候開始，就擁有了遠超我們的力量。妳沒有考慮過自己力量的來源嗎？」梅斯特再次強調一遍，彷彿在對安妮示警，如果她不想知道可以立刻收手。

安妮有些不安地回答：「里安娜告訴過我，她是在一個被毀滅的亡靈法師的村子裡撿到我的。因為他們看出我有遠超常人的暗系魔法天賦，所以當時那群亡靈法師才會收留我。」

「天賦啊。」梅斯特垂下眼，嘆口氣，「安妮，妳確實很有天賦，是少見的對水火地風四系元素親和力都很高的孩子，但妳對暗系元素幾乎毫無感知。

「那個村子也並不是亡靈法師的村子，那裡只是一個被戰火波及的無辜村莊。從百年前起，僅剩的亡靈法師就聚集到一起，我們那時候有七、八個人，到那個村子去，也只是為了尋找有沒有能用的屍體。

「我們從百年前遭到肅清開始，就已經計畫著反抗了。但自從某位前輩，從命運神殿高層的亡靈身上知道七大災的預言，我們就明白一件事——命運神殿是有真神庇佑的，要消滅我們的，是真正的神明。」

「妳還記得我們信奉的那一位嗎？我們稱呼祂為『沉睡於深淵中的神祇』，而我們也從沒有得到過祂的回應。一部分的亡靈法師尋找著喚醒神明的方法，還有一部分的亡靈法師，打算人造一位神明。」

安妮吃驚地張了張嘴，「人造……神明？」

梅斯特看著她，「我們在一本古籍裡找到了成神的條件——領悟某個領域的所有規則，然後得到創世神的遺物。

「我們分開行動，一部分去尋找創世神的遺物，另一部分人留在黑塔裡，培養一個天賦絕倫的亡靈法師，也就是我們四個。我們和尋找遺物的同伴們一直保持著聯繫，但收到的只有他們一個個死亡的消息。在他們全軍覆沒之後，我們終於決定離開黑塔，嘗試聯合『七大災』的力量。」

安妮不安地看著他，腦海中一時間有些混亂，她從來沒想過自己會和成神扯上關係，「可是、可是我不是完全沒有暗系法術的天賦嗎？」

梅斯特以平靜的語氣繼續講述著衝擊的事實，「妳知道魔法的本質嗎？安妮。人體和外界有一堵牆壁，有人的牆壁很薄，元素更好進入人體，這就是所謂的擁有元素親和力的天才。

「在妳還是嬰兒的時候，我們就透過儀式銘刻咒文，在妳長大的過程中，妳就會不斷跟暗元素同化，直到幾乎和它們沒有隔閡。這也會讓妳變得越來越不像人類，妳能從暗元素本身中汲取力量，所以妳也不太需要進食。只有在動用過多暗元素的時候，才會進入休眠，直到重新積蓄滿力量。」

里維斯忽然想起在海面上，安妮認真動手時，身上浮現的黑色咒文。

梅斯特繼續道：「這是一個大膽的實驗，說實話，我們誰也沒有把握一定會成功。也許妳在銘刻咒文的時候就會死去，也許妳根本沒辦法抵抗暗元素的力量順利長大，也許一不小心妳就會從人類直接轉換為不死族。

「但我們依然那麼做了，安妮，我們只是在利用妳。妳好不容易逃出了黑塔，妳已經自由了。走吧，這不是妳該背負的命運。」

「你在說謊。」安妮憤怒地抬起頭。

梅斯特笑了，「妳不願意相信我們是壞蛋嗎？我也能理解，畢竟我們一起生活了那麼久，但是妳仔細想想……」

安妮直視著他的眼睛，「那你們為什麼沒有利用我去聯合七大災，反而自己以身犯險？你想騙我，梅斯特，你就是想讓我不管你們！」

梅斯特有些啞然，最後他無奈地搖搖頭，「好吧，妳真是一個聰明的小丫頭。一起生活這麼多年，我們確實動了惻隱之心，但是安妮，無論如何，確實是我們把妳變成了……」

他頓了頓，似乎不忍心說下去，但最終還是開口：「即使是現在，我們也沒有人能確定妳真的踏上了成神的道路，也許我們只是把妳變成了一個……小怪物。」

安妮用力吸吸鼻子，瞪著他說：「那我也是被你們這群老怪物寵大的小怪物，我才不傻呢，我知道誰愛我，也知道自己該做什麼。我會保護你們！」

梅斯特無言地看著安妮，最後還是硬不起心腸地嘆了口氣，無奈地承認自己的企圖，「……我們也想保護妳啊。我們離開黑塔的時候，就已經預感到失敗了，不過這是我們的結局，我們會坦然接受。

「但妳是無辜的，安妮。妳不該接受我們失敗的代價，至少有一部分我沒有騙妳，我們確實希望妳能夠過上普通女孩般的生活。」

安妮瞪著他，還沒開口抗議，忒彌斯就十分生氣地用尾巴把梅斯特附近的水流攪得一團亂，讓梅斯特的整個靈魂都扭曲起來。

他有些無奈地舉起手道歉，「是是是，我知道，我不該對別人的選擇指手畫腳。我都差點忘了，妳從來都不是個聽話的乖孩子。好吧，雖然妳親愛的梅斯特哥哥會死得很不安心，但我不會阻止妳按照自己的想法去做。

「哎，回頭要是被媞絲知道我這就把什麼都說了，她肯定要把我從墳墓裡挖出來罵一頓。」

海涅似乎終於找到了自己可以插嘴的話題，挺起胸膛保證，「沒有海妖族帶路，人類是到不了這裡的，我會告訴族人，讓他們不要把那個人帶來的！」

梅斯特哈哈大笑，「那可真是拜託你了！」

接著，梅斯特把亡靈法師知道的有關七大災的情報都告訴了他們。

七大災預言中的海妖不必多說，雖然他們主動避進了深海，但如果遭到攻擊也不會坐以待斃，而歌聲和巨浪是他們有力的攻擊手段。

世界之樹在精靈的領地翡翠城深處，戈伯特之前傳出過消息，他懷疑早在百年前，七大災的預言剛剛降下的時候，孕育精靈的世界之樹就不再誕生新的生命了。

換句話說，精靈族已經將近一百年沒有新生兒了，再這樣下去遲早會面臨滅族的危險，所以他們對世界之樹的看護異常嚴密，任何想要偷偷靠近世界之樹的人都會遭受精靈族的雷霆怒火。

亡靈當然是指亡靈法師，安妮現在已經在聖光會和命運神殿面前露了臉，還數次逃脫了他們的追捕，肯定已經被當成七大災預言裡的種子選手了。

梅斯特皺起眉頭，「最讓人捉摸不透的是『反叛的騎士』和『背叛者』，這似乎是指向特定的某個人。菲特大陸上近年來並沒有發生過大規模的戰爭，王族的更替也都是正常的繼位，沒有聽說過哪位新王有背叛的事跡。」

里維斯有些尷尬地清了清喉嚨，似乎是覺得自己這麼稱呼自己有些自大，「『背叛者加冕為王』暫且不論，我是金獅國獅心騎士團的團長，現在成為了亡靈女巫的眷屬，『反叛的騎士』或許……與我有關？」

梅斯特愣了愣，臉色有些古怪，「金獅國的騎士團長那不就是第三王子……安妮，我覺得妳在命運神殿那裡，多半已經跟七大災畫上等號了。把帝國的王族變成不死族，這也太像是滅世的魔女會做的事了！」

安妮摸了摸鼻子，小聲抗議道：「我當時根本不知道他是王子！我以為他只是一位普通的、有點好看的倒楣鬼！」

里維斯聞言，無語了。

「這也難怪。」梅斯特上上下下地打量著里維斯，「你看起來確實沒有大部分王族的那種高高在上，我們家涉世未深的小丫頭認不出你的尊貴也是正常的。

「啊，這樣一來命運神殿說不定會慫恿金獅帝國一起追捕妳？嘶，我覺得我已經不存在的腦袋都痛起來了。不過也不一定就是指他，命運神殿有聖騎士團，也許是他們自己內部出了問題，這樣才更符合『反叛』這個定義。」

里維斯點了點頭，「或許會有正直的騎士並不認同命運神殿的做法。另外，傳聞中火龍是被白塔國的開國女王——冰原女王亞莉克希亞封印在了雪山之中。金獅國的北部和白塔國接壤，並沒有聽到火龍復甦的傳聞。」

梅斯特點點頭，「確實，而且傳聞中的火龍是十分傲慢、以人類為食的生物，我們並沒有把握能夠控制這種傳說中的生物，所以沒有前往白塔國。相較之下，魔族雖然任性妄為，但如果利害一致還算可以交流。媞絲和里安娜前往了魔土，希望能和魔族結成同盟。」

里維斯皺起眉頭，「金獅國在西方大陸，而魔土在更西邊的地方，傳聞中那裡是人類不能涉足的深淵，偶爾會有魔族離開魔土，但他們從來沒有大規模進入人類的世界過。我突然想起，以前命運神殿的傢伙們就似乎相當希望我們出兵魔土，他們時常暗示我的父親，說我們是在與魔鬼為鄰。」

梅斯特誇張地嘆一口氣，「真的是哪裡都能見到命運神殿的影子啊，有的時候我都懷疑，是不是我們越掙扎，反而越會陷入命運的漩渦。不過對魔族保持警惕也不是什麼壞事，他們是絕對情緒主導的種族，喜怒無常又擁有強大的力量，所以媞絲和里安娜才兩個人一起過去那裡。

「這些是我們目前搞明白的事，剩下的就是讓我覺得奇怪，但又搞不清楚的事情了。」

安妮認真聽著，「至少已經能讓我們省很多事了，如果沒有意外，之後我打算去魔土，先找到里安娜和媞絲。」

梅斯特也是這麼想的，他接著說：「有一件很奇怪的事，這個世界上的種族信奉的都是不同的神明，其中不少都能得到真神的回應，但只有命運神殿有被記載在冊的神降事件。」

安妮想起他們在珍珠裡看見的畫面，那應該就是命運神的神降。她當時確實從那個教皇身上感受到更上位的壓制。

里維斯皺起眉頭，「但是聖光會似乎也有記載，他們的隱者能夠引發神降……」

「不，那是假的。」梅斯特肯定地開口，「亡靈法師跟聖光會的仇怨來源已久，除了他們自己，應該沒人比我們更了解他們了。隱者和教皇能夠借用一絲神之力，但無法讓真神降臨。

「雖然不知道這到底是為什麼，但以安妮現在的實力來說，她只要小心命運神殿的真神，其他的無論是教皇還是隱者，都不是她的對手。」

海涅眼睛一亮，「聖光會的隱者還在海面沒有離開，我們是不是可以上去報仇了？」

「他一定會很意外的。」梅斯特笑了，很快表情又變得嚴肅，「還有一件事，安妮，妳也要小心我們的神明。」

安妮的表情有些困惑，「為什麼？」

梅斯特神情肅穆，「自古流傳下來的咒文中，我們的祈禱對象常常是『死亡本身』，也有時我們會說『沉睡於深淵的神祇』，祂並沒有像生命神、命運神這樣明確的尊名，既不叫黑暗神，也不叫死神。

「所以我們才大膽猜測，也許這個神位是空缺的。因為這樣我們才敢進行人造神明的計畫，但是安妮，如果我們的猜測失誤，那麼妳就是在覬覦神的權柄、竊取神之力。毫無疑問，我們的神將會是妳的敵人。」

梅斯特深吸一口氣，「雖然目前還沒什麼頭緒，但妳既然要和神作對，也只能試著尋找創世神的遺物了。」

「那個……你們在說神格嗎？」海涅好奇地插嘴。

梅斯特有些困惑，「神格？我還是第一次聽見這種說法。」

「咦？你們不知道神誕生的傳說嗎？」海涅瞪大了眼睛，「創世神的遺物不就是神格嗎？」

安妮催促他：「我們不知道，能把這個傳說告訴我們嗎？」

「啊！」海涅有些為難地甩了甩尾巴，「就是、就是創世神死了，然後、然後什麼來著？這是老祭司會給每一隻小海妖講的睡前故事，我總是聽到前兩句就睡著了。」

安妮看了梅斯特一眼，梅斯特露出笑臉，「去吧，安妮。我就不過去了，我打算跟忒彌斯一起在海底逛逛，直到我們不得不回歸冥界。現在我們是兩個無憂無慮的亡靈了，雖然很抱歉，但剩下的事就交給你們了。

「注意安全，安妮，還有，也用不著那麼努力。我可不想這麼快就和妳在冥界相見。」

看出他有告別的念頭，海涅配合地提起了安妮的氣泡，似乎立刻就打算帶著他們回到海妖的領地，去問問老祭司。

安妮趴在氣泡邊緣，似乎還有點不捨，「梅斯特……」

梅斯特溫柔地看著她，「要照顧好自己啊，安妮。如果那群老傢伙也不在了，也不用太難過。還記得我們教妳第一個亡靈魔法的時候，告訴妳的話嗎？凡生者——」

安妮低聲念出那句話：「——唯死亡無可避免。」

梅斯特朝她微微點頭，露出溫和的笑意，海涅就帶著他們的氣泡甩尾，將那兩個半透明的亡靈留在原地。

安妮看著他們依偎在一起，心想也許他們現在會比活著的時候更快樂。

當他們回到海妖領地時，老祭司已經和族人們達成共識，捧著那顆巨大的珍珠，凝望著海面，或是海面之上的什麼。

「你們回來了。」老祭司收回目光，用一貫溫柔的嗓音詢問，「海妖一族已經有了決斷。生命神也給予了指引，安妮，女神讓我把這顆珍珠贈予妳。」

安妮茫然地瞪大了眼睛，忽然臉色有點古怪。女神不會是因為聽到了他們的懷疑，所以打算在珍珠上再神降一次吧？

安妮不好意思地接過珍珠，小聲說：「讚、讚美女神。」

「咳！」里維斯似乎在憋笑，扭著頭看向另一邊。

老祭司露出笑臉，「女神將神諭之珠贈予妳，而我打算將海妖一族的宿命也託付給妳。

「我們決定不再躲避命運，我們願意成為善良女巫的同盟，我們要重回海岸，建立自己的部落，庇護無家可歸的流浪者。」

安妮露出笑臉，「真是相當果斷的決定。祭司閣下，我偶爾也會擔心，是不是所有的發展都在命運的預料之中。不過——

「我曾經聽過命運神殿的教義，他們說一切都是命運的饋贈，但我堅信，無論結果如何，一切都是我自己的選擇。」

——《亡靈女巫逃亡指南01》完

Getaway Guide for Necromancer

SIDE STORY

【梅斯特】

梅斯特是一名孤兒。

他沒有姓氏，被馬戲團的團長撿回來以後，長到能做事的年紀，就跟著團裡那個上了年紀的老法師學變戲法。

那名法師就叫梅斯特，而這個撿來的孩子只要不是學得太差，就遲早要接他的工作，所以乾脆連名字都不用再取一個新的，就叫梅斯特。

一個老梅斯特，一個小梅斯特。

大家安然地等著年邁的那個死去，然後年輕的那個取而代之。

小梅斯特原本會擔心老梅斯特會對自己有意見，因為他會搶走他的工作。但很快他發現，老梅斯特或許是這個馬戲團裡，唯一還算挺喜歡他的傢伙。

比起賺了一點錢就花到酒館和賭場裡的其他人，老梅斯特簡直像是一名有些老派的紳士。

儘管小梅斯特也沒見過真正的紳士，但這並不妨礙他在心裡這麼悄悄覺得。

老梅斯特總是穿著一身西裝，打著領結戴著高頂的禮帽，捏著一根有些老舊的手杖。團裡只有他一個人會這樣，即使是在沒有表演的時候也會穿著這麼一身戲服一樣的服裝。

他看起來似乎根本不擔心小梅斯特會把他的手藝全部學走，就像個真正的老師一樣。

小梅斯特其實還挺喜歡他的，他想如果有機會，老梅斯特死的時候，他也會努力賺點錢，給他做一塊好一點的墓碑。

小梅斯特的本事學得很快，他是個聰明的孩子，很快他就能表演大部分老梅斯特的法術了——除了少部分老梅斯特的招牌戲法，比如鬼火和會爬的帽子。

團裡其他人推測這是他給自己留下的看家本事，為了防止團長不想為他送終提前把他踹走。

但目前看來，團長似乎也並不介意小梅斯特是一個不完全的半吊子，他已經在盤算著在下一個城鎮把老梅斯特一個人丟下了。

他在表演結束之後，故意大聲說：「喂，老傢伙們，你們可以去快活快活了，記得明早太陽升起前回來，我們還得趕路去下一個城鎮，那裡後天會有一個祭典，這可是最好賺錢的時候了！」

然而等到大家散開各自準備去鎮上找點樂子的時候，他又一一單獨找到他們說他改主意了，為了防止到不了目的地，今晚太陽落山後就要回來。

——小梅斯特也收到了通知，但他很快就意識到，這是針對老梅斯特的計畫，團長打算在這裡把老梅斯特丟下。

團長對著小梅斯特露出難得的和善笑臉，他摸索著從口袋裡拿出一枚銀幣，露出有點肉痛的不捨笑容說：「拿去買一件體面的表演服，梅斯特，以後你就要上臺表演了。」

小梅斯特知道，這是他的封口費。

他接過那枚銀幣，然後他找遍整個城鎮，終於在城郊的稻草垛上找到了躺著瞇起眼的老梅斯特。

小梅斯特跑得氣喘吁吁，他站到老梅斯特眼前，盯著他看了片刻，老梅斯特這才迷迷糊糊地睜開眼睛。

「怎麼了，小傢伙？」

小梅斯特抿了抿唇，最後伸出手，把那一枚銀幣遞給他。

老梅斯特有些意外，小梅斯特結結巴巴地說：「團長應該是打算把你丟下了，他跟我們說今晚就要啟程。這個、這個你拿著吧，給自己買個好一點的墓碑。」

其實他也不知道墓碑需要多少錢，但總是稍微多一點比較好。

老梅斯特無奈地搖搖頭，「那麼這枚銀幣，他原本是打算讓你做什麼的呢？」

「他讓我去買一身體面的西裝。」小梅斯特老實交代。

「這個吝嗇鬼。」老梅斯特笑罵一句，「這麼點錢可買不到體面的衣服，走吧，我帶你去看看衣服。」

小梅斯特有些不明白，老梅斯特為什麼好像一點都不在乎團長就要把他丟下。他懵懵懂懂地跟在老梅斯特的身後，任由他帶著自己進入一家裁縫鋪，買了一套體面的西裝。

他更加茫然地看著老梅斯特從懷裡掏出一枚金幣——那可是一枚金幣！他甚至都沒見過團長拿金幣出來過！

老梅斯特身上似乎有不少祕密，他牽著小梅斯特的手，另一隻手拎著買給他的衣服，嘮嘮叨叨地數落他：「梅斯特，你這個太過善良的性格可不太好。」

梅斯特茫然地抬起眼，他既不明白老梅斯特為什麼突然不叫他「小梅斯特」了，也不明白為什麼善良不是好品質。

老梅斯特自顧自地碎念著：「你可真是一個讓人放心不下的孩子，也許我得教你一些真正的本事。」

梅斯特眼睛一亮，「是讓帽子自己動起來的戲法嗎？還有鬼火！」

老梅斯特哈哈大笑，他故作神祕地朝小梅斯特擠了擠眼睛，「那可不是戲法，那是真正的魔法。」

梅斯特似懂非懂，他擔憂地看了看天色。

「老梅斯特，天快黑了。」

老梅斯特也跟著他一起抬起頭，他露出微笑。

「孩子，你看，夜空多美啊。我不打算回去了，你呢，要跟我一起離開嗎？」

梅斯特不知道他指的離開是去哪裡，但他還記得老梅斯特剛剛拿出的那枚金幣，當時他還沒見過什麼世面，因此評價對方是否值得跟隨的標準十分簡單，多少跟金錢掛鉤。

「後來我才知道，那是他這大半輩子僅剩的財產。」

梅斯特幽幽地嘆了口氣，心情憂鬱地拍著小蘿蔔頭安妮的腦袋。

「而且他還是一名落魄的亡靈法師，我學會了夢寐以求的魔法，結果就被聖光教會追著滿世界逃跑，唉……」

安妮吵著鬧著要聽故事，而這幾個亡靈法師都都不是會現場編故事的傢伙，梅斯特只能把自己小時候的故事拿出來應付安妮。

現在他說完了，耐心等著安妮給他一個評論。

安妮一本正經地撐著下巴，「嗯，有點沒頭沒尾的，這感覺像是故事才剛開始。」

「故事當然不會一次講完啦。」梅斯特哈哈大笑，「如果下次妳還纏著我要聽故事，我總還有點後續可以講，不然我就只能編我上輩子的故事講給妳聽了。

「不過老梅斯特的結局我倒是可以告訴妳，他死了。畢竟已經那麼老了，人總是會死的。」

即使安妮還只是一個小孩子，這群亡靈法師也並沒有在她面前避諱過死亡相關的話題。

安妮眨了眨眼，她點點頭，目光又移到梅斯特穿著的西裝身上。

梅斯特笑了，「這當然不是當初的那一身，我總不可能一輩子都穿著同一套西裝，我也是會長高的。」

「嗯？什麼？」媞絲懶洋洋地探出半顆腦袋，「梅斯特終於又長高了？可喜可賀！是長了這麼一點點，還是長了那麼一點點？」

梅斯特氣得跳腳，「閉嘴，媞絲！」

安妮也跟著呵呵笑了起來，她拉著梅斯特的手，「那我要看梅斯特小時候學的戲法。」

「這有什麼好看的，都不是什麼了不起的東西，如果是帽子自己動起來的戲法，還有鬼火的戲法，妳自己都可以變的。」梅斯特嘴上一邊抱怨，但還是老老實實地從口袋裡抽出一塊手帕。

無論他變什麼樣的戲法，安妮都會十分捧場地拍手，等到梅斯特個人專長戲法表演結束，梅斯特便像是職業習慣一樣將頭上的帽子摘下來，遞到她面前。

「那麼，該給點打賞了，這位小姐。」

安妮眨了眨眼，她看了看空空的帽子內部，又看了看梅斯特的臉，認真地說：「先欠著。」

「喂喂，妳才幾歲就知道欠帳了？這可不行。」梅斯特露出笑容，伸手去捏安妮的臉頰。

安妮苦著臉想了想，探出腦袋伸到帽子上方，忽然捧著臉頰露出一個大大的笑臉。

「送你一個安妮的可愛笑臉吧！」

「……」梅斯特相當無言，他忍不住笑了，「妳這又是跟誰學的？妳這個撒嬌賣乖的小傢伙，不行，還是得給東西。」

「我沒有錢。」安妮垂著腦袋，有些不明白自己不過是看一場戲法，怎麼就一下子背上巨債。

梅斯特摸著下巴，「妳上次幫里安娜捶背了吧？我也要那個！」

安妮目光複雜地看了眼梅斯特，「梅斯特已經到了腰痠背痛的年紀了嗎？」

「才沒有！」梅斯特下意識反駁，「但這和妳欠我的不衝突！」

「好吧。」安妮只好苦著臉答應，她像是忽然想起什麼似地問道：「梅斯特，以前老梅斯特表演完之後，也是用這頂帽子收錢嗎？」

梅斯特愣了愣，他下意識摩挲帽子的邊緣，然後點了點頭。「對。這也沒有辦法，當初他的錢只夠給我買一身衣服，沒辦法再多買一頂帽子了。」

「結果這麼多年來你就沒想著再買一頂新帽子？」媞絲不知何時又路過了這裡，她笑道，「不如老老實實承認自己還是很想念他吧，小梅斯特。」

梅斯特氣得齜牙咧嘴，「喂，媞絲，妳今天是特別閒嗎？」

「也還好吧。」媞絲靠著門笑道，「也就比某個要騙小孩子幫自己捏肩揉腿的傢伙稍微忙一點點。」

「騙？」安妮十分警覺，她茫然地看了看梅斯特，然後「哇」的一聲哭了起來。

「里安娜，梅斯特騙我！里安娜——」

這一下讓梅斯特措手不及，之後他好好享受了一把里安娜的枴杖按摩頭部服務。

安妮果然不會就這樣收工，在她又一次纏著梅斯特要求他講故事的時候，梅斯特總算是把他和老梅斯特的故事講完了。

他們兩個人離開馬戲團，自稱流浪法師，偶爾在街道上表演，賺一點旅行的盤纏。

梅斯特開玩笑似地說：「我當時認真地覺得，憑我們兩個賺的那點錢，老梅斯特如果真的死去了，或許我只能親手替他挖個坑埋了。畢竟我們連吃飽飯都成問題，更別說幫他存墳墓的錢了。」

安妮露出憂心的表情，「梅斯特小時候沒有好好吃東西嗎？」

媞絲再次路過插話：「這也可能是他長不高的原因之一。」

「閉嘴媞絲。」梅斯特的笑容僵在了臉上，他憤憤不平地轉過頭，「妳到底對我的身高有什麼意見？我已經是黑塔裡第三高的了！」

「哦，不，親愛的，是和我一起並列第三高。」媞絲眼帶憐憫，「也就是說，你也就只比安妮高而已。」

里安娜似乎對這個話題也很感興趣，她露出笑臉，「我年輕的時候背還很直，可比現在更高，不過也沒辦法超過戈伯特，學者裡像戈伯特這麼高大身材的傢伙確實很少見呢。」

戈伯特哈哈大笑，「畢竟我是一名走南闖北的鍊金學者，人跡罕至的叢林、荒無人煙的沙漠、疑雲叢生的古老神殿，要能夠在這些地方找到知識存在過的痕跡，沒有強健的體魄可不行。」

里安娜讚許地點點頭，「你說得對，健康的身體還是很重要的。」

「除此以外，還得有各種賺錢技能。」媞絲笑著補充。

梅斯特抓了抓腦袋，「我們剛剛說到哪裡來著？」

安妮提醒他：「說到你們沒有錢。」

梅斯特無言地搖搖頭，「繞了這麼一圈，話題最後居然還繞得回來，可真有你們的。」

他嫌棄地朝過來湊熱鬧的三人揮了揮手，「你們不是還有實驗要做嗎？安妮說了今天想聽我講故事，無關人等都給我散開。」

「我們得在這裡看著。」娖絲信誓旦旦，「為了防止某個氣哭小孩子的壞蛋，這次又想從我們的小安妮那裡騙走點什麼。」

「我才不會！」梅斯特抗議，「明明頂著一張這麼漂亮的臉，娖絲，妳偶爾就不能說點可愛的話嗎？」

娖絲忍不住搓了搓手臂上的雞皮疙瘩，「喔，我發誓，梅斯特，如果你再用這樣的語氣跟我說話，我就把你倒掛在黑塔前面當旗幟。」

梅斯特哈哈大笑，他轉頭看向安妮，「好了，我想想接下來要講些什麼。先說好，這個故事的結局可不怎麼美好。」

老梅斯特最後死了，也不是自然死亡，他們被聖光會的傢伙盯上了。

作為亡靈法師，並且是兩名沒錢吃飯的亡靈法師，他們不得不時常進入森林打獵，以填飽自己的肚子。

梅斯特覺得，如果他們改行做個獵戶，也許會比現在的日子過得好很多，但老梅斯特堅持道：「你不覺得流浪法師很適合作為了不起的大法師的掩護嗎？」

梅斯特對此嗤之以鼻，他早就不是當初那個老梅斯特說什麼就信什麼的小鬼頭了。

他一邊轉著香噴噴的烤豬腿，一邊憤憤地把好啃的嫩肉割下來給牙口不便的老梅斯特，「既然這樣，你就維持了不起的大法師的尊嚴，別吃我獵來的野豬！」

「哈哈哈！」老梅斯特笑了，他一邊接過豬肉啃起來，一邊點頭，「你說得對，像我這種又麻煩又沒什麼用的老頭，你確實應該丟下我不管的。畢竟我能教的已經都教給你了，你的天分不錯，可以成為一個獨當一面的法師了。」

「像你這種心軟又善良的傢伙，我總擔心你以後會付出代價。」

「喂，老頭，我總覺得你說這話是在詛咒我。」梅斯特瞇了瞇眼睛，流浪這麼多年，他早就知道老梅斯特說得是對的，但這話聽起來總是不太中聽。

老梅斯特呵呵笑著，「好吧，那就說點其他的。

「雖然說吃飽飯比什麼都重要，但梅斯特，以後我不在的時候，不到必要的時候，你還是不要隨便使用亡靈魔法。聖光會的那些傢伙可比我們想像中嗅覺更靈敏，我有很多朋友，都是在猝不及防的時候被找了上門。」

梅斯特並沒有見過聖光會追捕亡靈法師的景象，他撇了撇嘴，有些天真地反駁：「他們要抓也會去抓那些大名鼎鼎的亡靈法師吧？我這種在聖光會恐怕根本沒有姓名……」

「噤聲！熄火！」老梅斯特突然臉色劇變，他急聲喝止。

然而梅斯特一下子沒反應過來，他的動作慢了一拍，出於對老梅斯特的信任，這才趕緊動手熄滅火堆。

老梅斯特的目光並沒有放鬆，他猛地站起來，「來不及了，梅斯特，別跟過來！」

「什麼？喂，老頭！」梅斯特還不知道發生了什麼事，他看見老梅斯特以一種不符合他這個年紀的速度飛奔出去。

梅斯特有些猶豫，他還沒下定決心要不要跟上去，天空中突然炸開一團光！

「是梅斯特，當年那個惡名昭彰的亡靈法師！居然藏在了這種地方！」

「那個老怪物居然還活著，我還以為他早就死了！」

「快去叫紅衣主教來，憑我們根本沒辦法殺死他！」

梅斯特呆愣在熄滅的篝火前，有些不敢相信自己聽見了什麼。

那些人說的都是真的？老梅斯特真的是傳奇的大法師？他是一名邪惡的亡靈法師？

不！雖然亡靈魔法確實很詭異，但老梅斯特絕不是壞人！

有了老梅斯特作為目標，聖光會的神職人員們看都沒看梅斯特一眼，飛快地朝著老梅斯特逃亡的方向追過去。

故事講到這裡，安妮忍不住屏住呼吸，她追問道：「然後呢？」

「然後？」梅斯特的表情有些古怪，他露出笑容，「然後當然是老梅斯特就這麼死了，我不是早就告訴妳，他最後死了嗎？」

安妮氣得鼓了鼓臉頰，「但我也不會猜到他是在這時候死的！你這麼講故事很沒意思，梅斯特！」

梅斯特哈哈笑著，承認自己是一個講故事很蹩腳的亡靈法師。

儘管對不起安妮，但他確實沒辦法把這個故事繪聲繪色地講到最後。

老梅斯特死在聖光會諸多主教的追殺下，那時候他的模樣，一點也看不出平日裡渾渾噩噩的樣子，看起來就像是真正的大法師。

梅斯特也沒有老老實實地逃跑，他還是跟了上去，毫不意外地被聖光會的人馬發現了，然後為了救他，老梅斯特在聖光會諸位主教的注視下，表演一個最後的魔術。

他號稱自己找到永垂不朽的長生方法，說梅斯特是他準備好的容器，他將在這副年輕的軀體上復活。

梅斯特看著他像傳聞中的惡徒一樣，哈哈大笑地朝自己撲來，無數聖光為了保護他，在他眼前炸開，然而梅斯特看見老梅斯特最後朝他露出一個無奈的微笑。

就像當年看見他把那一枚銀幣遞給他的時候一樣。

梅斯特沒有辜負老梅斯特的期待，或許也要感謝那些街頭表演的經驗，他裝出一副惶惶不安的受害人模樣，居然真的被聖光會當成了普通的受害者保護起來。

梅斯特明白，如果自己跟他們回去，很快就會露餡，於是他趁著對方鬆懈的時候，尋找機會逃跑了。

——或許聖光會到現在都認為他是老梅斯特復甦的亡靈，那可真是個天大的誤會。

梅斯特至今也不知道老梅斯特死前在想些什麼，他到底是覺得自己回到一生中最巔峰的時刻，為自己至少作為一名赫赫有名的亡靈法師而死覺得驕傲，還是覺得，即便像流浪法師一般貧苦地活著，也想再努力地活下去呢？

梅斯特沒有機會想明白，他跪倒在商船的甲板上，胸口插著一把鋼刀，而忒彌斯就在他眼前，掙扎著想要掙脫鎖鍊。

——他們上當了，這艘商船就是為了抓捕他們準備的。

梅斯特知道自己死定了，生命流逝之間，他眼前走馬觀花般閃過自己的一生，他想起留在黑塔裡的安妮，如果按照老梅斯特的囑託，那麼安妮應該還有一個名頭，叫梅斯特三世。雖然不是什麼了不起的稱號，但當時他應該還是要告訴她的。

他還想起自己前往不同目的地的同伴們，不知道他們的行動是否順利，說不定等到他睜開眼睛到達冥界，就能看見他們早就先行一步到了那裡。

他腦海中各種念頭爭先恐後地湧上來，似乎生怕再不彰顯一下存在感，等到他的生命力消失，一切都再也沒有存在的痕跡。

他奮力朝眼前的愛人伸出手，他想，他的傻女孩那麼驕傲，怎麼能忍受變成別人的商品。

他想至少告訴她，不要傷心難過，死亡是一切生物的終點，選擇愛上壽命遠超自己的海妖一族，他們遲早都會經歷這樣的分別，這次不過是稍微早了一點而已。

但他看見忒彌斯眼睛裡的淚水和悔恨愧疚，他忽然明白自己現在最應該說的話。

他們的手最終還是沒有相觸，但他的話傳了過去。

「忒彌斯，我從不後悔愛上妳。」

老梅斯特當年的嘀咕似乎一語成讖，像小梅斯特這樣的傢伙，遲早會因為善良而付出代價。

但他也因此獲得了值得珍藏的一切。